U0623214

成长是痛，也是幸福

蒋勋
钱锺书 莫言 等
/著

九州出版社
JIUZHOUPRESS

图书在版编目（CIP）数据

成长是痛，也是幸福 / 蒋勋等著. — 北京：九州
出版社，2018.5
ISBN 978-7-5108-7476-5

Ⅰ. ①成… Ⅱ. ①蒋… Ⅲ. ①散文集－中国－当代
Ⅳ. ①I267

中国版本图书馆CIP数据核字(2018)第211908号

成长是痛，也是幸福

作　　者	蒋勋等　著	
出版发行	九州出版社	
地　　址	北京市西城区阜外大街甲35号（100037）	
发行电话	（010）68992190/3/5/6	
网　　址	www.jiuzhoupress.com	
电子邮箱	jiuzhou@jiuzhoupress.com	
印　　刷	三河市金元印装有限公司	
开　　本	787毫米×1092毫米　32开	
印　　张	9	
字　　数	160千字	
版　　次	2019年1月第1版	
印　　次	2019年1月第1次印刷	
书　　号	ISBN 978-7-5108-7476-5	
定　　价	45.00元	

目 录

Chapter 1　致每一个害怕未来的自己

谈生命　003

第一次去青岛　007

十三中　010

孤独　020

如何与时间斗争到底　022

生命的彩霞　024

我的棉袄　027

心愿　031

时差　034

失帽记　037

艺术是克服困难　044

我的读书经验　053

二寸之间　059

我哭了大半个中国　063

故宫的建筑　067

英伦牡丹开　070

我的文学人生　086

谈武侠小说　092

Chapter 2　成长，是时光赐予最珍贵的礼物

古典文学研究在现代中国　113

漂洋过海　119

寂寞　134

新年的快乐　137

一个人在途中　140

输液　149

笑着走　151

让沼泽仍是沼泽　154

蒲公英　157

西格弗里德·伦茨的《德语课》 161

论画动物 165

又到杭州 169

吃腊八粥 183

父亲的角色 188

远去的邮车 191

不学礼，无以立 194

望"猫"止渴 197

Chapter 3　我们终将与最好的自己相遇

昔阳感觉 203

记忆 208

有福气的人才读到神话 211

我是中国人 214

用地毯来记忆 218

忆长沙 222

洞 225

被窝 228

梦里已知身是客　231

未经锤炼，何能坚实？　234

古松　245

淘旧书　248

土著民的落日　251

父亲的脚印　254

废址　257

初入川　265

扮演　269

好日子　272

新春忆旧　276

生命的律动　279

Chapter 1

致每一个害怕未来的自己

在宇宙的大生命中，
我们是多么卑微，
多么渺小，
而一滴一叶的活动生长合成了整个宇宙的进化运行。

谈 生 命

冰心 / 文

> > >

　　我不敢说生命是什么，我只能说生命像什么。生命像向东流的一江春水，他从最高处发源，冰雪是他的前世。他聚集起许多细流，合成一股有力的洪涛，向下奔注，他曲折地穿过了悬崖峭壁，冲倒了层沙积土，裹挟着滚滚的沙石，快乐勇敢地流走，一路上他享受着他所遭遇的一切：有时候他遇到巉岩前阻，他愤激地奔腾了起来，怒吼着，回旋着，前波后浪的起伏催逼，直到他过了，冲倒了这危崖他才心平气和地一泻千里。有时候他经过了细细的平沙，斜阳芳草里，看见了夹岸红艳的桃花，他快乐而又羞怯，静静地流着，低低地吟唱着，轻轻地度过这一段浪漫的行程。有时候他遇到暴风雨，这激电、这迅雷，使他心魂惊骇，疾风吹卷起他，大雨击打着他，他暂时混浊了、扰乱了，而雨过天晴，只加给他许多新生的力量。有时候他遇到了晚霞和新月，向他照耀、向他投影，清冷中带些幽幽的温暖，这时他只想憩息，只想睡眠，而那股前进的力量，仍催逼着他向前走……

终于有一天，他远远地望见了大海，呵！他已到了行程的终结，这大海，使他屏息，使他低头，她多么辽阔，多么伟大！多么光明，又多么黑暗！大海庄严地伸出臂儿来接引他，他一声不响地流入她的怀里。他消融了，归化了，说不上快乐，也没有悲哀！也许有一天，他再从海上蓬蓬的雨点中升起，飞向西来，再形成一道江流，再回到两旁的石壁，再来寻夹岸的桃花。然而我不敢说来生，也不敢信来生！生命又像一棵小树，他从地底聚集起许多生力，在冰雪下欠伸，在早春润湿的泥土中，勇敢快乐地破土出来。他也许长在平原上、岩石上、城墙上，只要他抬头看见了天，呵！看见了天！他便伸出嫩叶来吸收空气，承受日光，在雨中吟唱，在风中跳舞，他也许受着大树的荫遮，也许受着大树的覆压，而他青春生长的力量，终使他穿枝拂叶地挣脱了出来，在烈日下挺立抬头！他遇着骄奢的春天，他也许开出满树的繁花，蜂蝶围绕着他飞翔喧闹，小鸟在他枝头欣赏唱歌，他会听见黄莺轻吟，杜鹃啼血，也许还听见枭鸟的怪鸣。他长到最茂盛的中年，他伸展出他如盖的浓荫，来荫庇树下的幽花芳草，他结出累累的果实，来呈现大地无尽的甜美与芳馨。秋风起了，将他的叶子，由浓绿吹到绯红，秋阳下他再有一番的庄严灿烂，不是开花的骄傲，也不是结果的快乐，而是成功后的宁静和怡悦！

终究有一天，冬天的朔风，把他的黄叶干枝，卷落吹抖，他无力地在空中旋舞，在根下呻吟，大地庄严地伸出臂儿来接引他，他一声不响地落在大地的怀里。他消融了，归化了，他说不上快乐，也没有悲哀！也许有一天，他再从地下的果仁中，破裂了出来。又长成一棵小树，再穿过丛莽的严遮，再来听黄莺的歌唱，然而我不敢说来生，也不敢信来生。宇宙是一个大生命，我们是宇宙大气中之一息。江流入海，叶落归根，我们是大生命中之一叶，大生命中之一滴。

在宇宙的大生命中，我们是多么卑微，多么渺小，而一滴一叶的活动生长合成了整个宇宙的进化运行。要记住：不是每一道江流都能入海，不流动的便成了死湖；不是每一粒种子都能成树，不生长的便成了空壳！生命中不是永远快乐，也不是永远痛苦，快乐和痛苦是相生相成的。等于水道要经过不同的两岸，树木要经过常变的四时。在快乐中我们要感谢生命，在痛苦中我们也要感谢生命。快乐固然兴奋，苦痛又何尝不美丽？我曾读到一个警句，是"愿你生命中有足够的云翳，来造成一个美丽的黄昏"。世界、国家和个人生命中的云翳没有比今天更多的了。

（发表于《明报月刊》一九九九年第四期）

（原载《京沪周刊》第一卷第二十七期）

第一次去青岛

莫言 / 文

> > >

第一次去青岛之前，实际上我已经对青岛很熟悉。距今三十年前，正是人民公社的鼎盛时期。全村人分成了几个小队，集中在一起劳动，虽然穷，但的确很快乐。其中一个女的，名字叫作方兰花的，其夫在青岛当兵，开小吉普的，据说是海军的陆战队，穿灰色的军装，很是神气。青岛离我们家不远，这个当兵的经常开着小吉普回来，把方兰花拉去住。方兰花回来，与我们一起干活时，就把她在青岛见到的好风景、吃到的好东西说给我们听。什么栈桥啦，鲁迅公园啦，海水浴场啦，动物园啦，水族馆啦……什么油焖大虾啦，红烧里脊啦，雪白的馒头随便吃啦……通过她眉飞色舞、绘声绘色的描述，尽管我没去过青岛，但已经对青岛的风景和饮食很熟悉了，闭上眼睛，那些风景仿佛就出现在我的眼前。方兰花除了说青岛的风景和饮食，还说青岛人的"流氓"。她说——起初是压低了嗓门，轻悄悄地说："那些青岛人，真是流氓成性……"然后就突然地抬高了嗓门，仿佛要让全世界都听到似的喊，"他们大白天就在前海崖上吧唧吧唧地亲啊……"这样的事情比风景和饮食更能引起我们这些小青年的兴趣，所以在方兰花的腔后总是追随着一帮子小青年，哼哼唧唧地央告着："嫂子，嫂子，再说说那些事吧……再说说嘛……"她低头看看我们，说："瞧瞧，都像磅一样了，还敢说给你们听？"

生产队里有一个早些年去青岛贩卖过虾酱和鹦鹉的人，姓张名生，左眼里有颗宝石花，歪脖子，有点历史问题，整日闷着不吭气。看方兰花昂扬，气不忿儿，终于憋不住，说："方兰花，你天天吹青岛，但你是坐着你男人的小吉普去的，你坐过火车去青岛吗？你知道从高密坐火车去青岛要经过哪些车站吗？"方兰花直着眼答不上来。于是张生就得意地歪着脑袋，如数家珍地把从高密到青岛的站名——地报了出来。他坐的肯定是慢车，因为站名达几十个之多。我现在只记得出了高密是姚哥庄，过了姚哥庄是芝兰庄，过了芝兰庄是胶西，过了胶西是胶县，过了胶县是兰村，然后是城阳、四方什么的，最后一站是老站。但在当时，我也像那张生一样，可以把从青岛到高密沿途经过的车站，一个磕巴都不打地背下来，而且也像张生那样，可以倒背如流。所以，在我真正去青岛之前，我已经在想象中多少次坐着火车，按照张生报告的站名，一站一站地到了青岛，然后按照方兰花描述出来的观光路线，把青岛的好山好水逛了无数遍，而且也梦想着吃了无数的山珍海味。梦想着坐火车、逛风景是美好的，但梦想着吃好东西是不美好的，是很难过的。嘴里全是口水，肚子咕噜噜地叫唤。梦想着看看那些风流人物在海边上恋爱也是不美好的。

等到一九七三年春节过后，我背着二十斤绿豆、二十斤花生米、二十斤年糕，送我大哥和他的儿子去青岛坐船返回上海时，感觉到不是去一个陌生的城市，而是仿佛踏上了回故乡之路。但一到青岛我就彻底地迷失了方向。从我舅舅家那两间坐落在广州路口、紧靠着一家木材厂的低矮破旧的小板房里钻出来上了一次厕所，竟然就找不到了回去的道路。我在那一堆堆的板材和一垛垛的原木之间转来转去，从中午一直转到黄昏，几次绝望地想哭，汗水把棉袄都溻透了。终于，我在木头垛后听到了大哥说话的声音，一转弯，发现舅舅的家门就在眼前。

等我回到了家乡，在劳动的间隙里，乡亲们问起我对青岛的印象时，我感慨万端地说："青岛的木头真多啊，青岛人大都住在木头堆里。"

十　三　中

北岛 / 文

> > >

大脖子

一九六二年夏天，我从小学考上北京十三中，和小学相比，十三中离家远了一倍，我的世界似乎也大了一倍。

这里曾是康熙皇帝第十五子愉郡王的王府，一九〇二年，醇贤亲王第七子载涛过继给钟郡王，承袭贝勒爵，搬入府内，故得名涛贝勒府。宣统年间，身为摄政王之弟，载涛任禁卫军训练大臣。张勋复辟，他又当上禁卫军司令。中华人民共和国成立，他摇身一变，成了全国政协委员。一九二五年，载涛把王府长期租给罗马教廷办大学，即辅仁大学。一九二九年辅仁大学开办附属中学男生部，一九五二年改名北京第十三中学。

我们学校坐北朝南，大门向东开。中路与东路各有四进院。西路有戏楼、长廊、亭台、假山。岁月如男孩呼啸成群，分三路包抄，灵活的小腿伴随咚咚的脚步声，登堂入室，最后消失在西边操场的尘埃中。我们教室紧把着操场入口处，我熟知那脚步声——岁月的去向与动静。

开学头一天，我刚挎着书包走进校园就蒙了：从那些遮天蔽日的高中生背后，我一眼看到自己的未来——一级级台阶，通向高考的独木桥（下面是深渊），由此进入大学，进入可怕的成人世界。

十三中是男校，没有女生构成的缓冲地带，本来意味着更赤裸的丛林法则，其实不然，我发现，到一定岁数人开始变得狡猾，用智力与意志取代拳头——那才是成人世界的权力来源。

入学那年我十三岁，从身体到智力都晚熟，有照片为证——我和同龄的一凡在楼前合影：他人高马大，眼镜片后目光自信，喉结突出，唇上一抹胡须的淡影；我比他矮半头，短裤下露出麻秆似的小腿，满脸稚气，眼神迷茫散乱。那是转变之年，我们从不同的小学考进十三中，他在（2）班，我在（4）班。就像分组比赛的对手，在决赛前趋近。

班里有个同学外号叫"大脖子"，智力有问题，连蹲两年，若无意外还会继续蹲下去，我们在年级升降的排列组合中相遇。他虎背熊腰，胳膊比我大腿还粗，由于脖上箍着石膏圈，得名"大脖子"，他自称是练双杠失手把脖子戳进去的，要长期做牵引术才能复原。我至今还记得他歉疚的笑容，似乎在为他偶然闯入这个世界而深表歉意。

那时仍在"困难时期"的阴影中。在学校食堂，没有椅子，大家围着饭桌站着吃饭，每餐总是在"大脖子"的歌声中结束。他在建筑工地当过小工，饭量惊人，按粮食定量难以存活，于是他靠卖唱换粮食，每首歌价码不等，从半个馒头到一个窝头。

"大脖子"嗓音并不好，但他唱得认真，从不偷懒，到了高音区，会从石膏圈中抻出一截苍白的脖子，唱罢，他两三口就把换来的馒头、窝头吞下去，再像狗一样用目光乞讨。他唱的歌特别，显然和底层生活有关，尤其是那些黄色小调，成了我们最早的性启蒙教育。

我们升初二时，"大脖子"由于蹲班超过年限，被校方开除，他将回到苦力的行列，和我们分道扬镳。最后一次告别午餐，几乎每个人都多给他一个馒头，他唱了很多歌，这回不是卖唱，而是为了友情和他自己未卜的命运。唱到动情处，那咧到脖根的大嘴噘成小圆圈，戛然而止。

卢叔叔

一九六二年秋，我家来了个不速之客，他是我的表舅在北大荒的战友卢叔叔。

咏瑶表舅原是北京空军后勤部的青年军官，个头儿不高，英俊结实，是我童年时代心目中的英雄。特别是逢年过节，他身穿深绿军装，佩戴领章、肩章和武装带，头戴大檐帽，格外神气，表舅站在楼门口跟我说话，小伙伴们惊羡的目光，让我的虚荣心获得极大满足。他走后，我可把牛皮吹大了，说他击落过多少架美军战斗机。

我家从窗帘到小褂，飘飘然，都来自表舅给的降落伞布，似乎为了向全世界证明：他开飞机，我们从天而降。

一九五八年早春，表舅转业去北大荒。最后一次来我家告别，那时母亲也正要下放到山东农村，他脱下军装，黯然失色，这让我很难过，我悄悄退出大人的视野，溜出门去。"我会来看你的。"表舅临走时对我说，转身消失在我童年的地平线以外。

卢叔叔的出现，令我暗喜：表舅果然从地平线那边派人来了，卢叔叔是拖拉机手，维修拖拉机，他用铁锤敲打部件，一粒铁屑击中右眼，在当地农场医院治疗无效，转到北京同仁医院，他在表舅的介绍下住在我家。

"医生要给我配一只狗的眼睛。"他对我说，这让我有点儿心慌，用狗眼看世界到底会是啥样呢？原来是玩笑，医生给他装了一只假眼珠，跟我弹的玻璃球差不多，他常躲进厕所，取出来，放进小玻璃杯冲洗。

表舅常出现在我梦中，他在冰天雪地里指挥千军万马的队伍，跟卢叔叔探听，避而不答，想必那是军事秘密。

一天晚上，卢叔叔终于给我讲了个故事，灯光下，他双眼色泽不同，那玻璃眼球显得过于清澈明亮。"半夜，一只熊瞎子钻进农场库房，翻箱倒柜找食吃，哨兵发现后，我们把它团团围住，先鸣枪警告，它猛扑过来，可惜没击中那胸前白毛的要害部位，只好动用冲锋枪、机关枪，它最后倒下了，身上共有三十九发子弹……"这多少有点儿让我失望，但在我讲给同学的版本中，表舅成了这场攻打熊瞎子战役的指挥员。

那年头，北京黑灯瞎火，肚里没食，早早回家歇着了，而卢叔叔却发现了北京的"上流生活"——戏剧舞台。他人生地不熟，没伴儿，总把我带上，我跟着他看的话剧有《以革命的名义》《带枪的人》和《伊索》等，印象最深的是人艺的《伊索》。

那是深秋的晚上，刚下过雨，一股落叶霉烂味。首都剧场位于王府井大街，玻璃窗高大明澈，如黄昏的晴空。楼梯上的观众，好像正前往另一颗星球，其中有个瘦小的男孩，那是我，还有一个戴玻璃眼珠的叔叔。巨型吊灯明亮而柔和，让我有点儿眩晕，随低沉的钟声响起，灯光转暗，红色帷幕徐徐拉开，古罗马的圆柱和台阶出现在舞台上……

那夜我几乎彻夜未眠，此后着魔一般，我居然能把对白大段大段背下来，并模仿那夸张的舞台腔——伊索附体，我处于半疯癫状态，在同学中宣布：为了自由，宁死也不做考试的奴隶。在课堂上，老师问到水分子式，驴唇不对马嘴，我学伊索的口吻回答："如果你能把河流和大海分开的话，我就把大海喝干，我的主人……"老师认定我神经出了毛病。

当年粮食定量有限，连请客吃饭都要自备粮票。由于没交够粮票，父母与卢叔叔之间出现摩擦，我暗中站在他一边，道理很简单，是他把我带出北京幽暗的胡同，进入一个光明而虚幻的世界——那与现实无关的一切令我神往。

读书难

初中三年无比漫长，而考试有如一扇门，阻挡任何通向永恒的可能。我最恨考试，在我看来，那是人类最险恶的阴谋之一，让孩子过早体验人生之苦。

我在小学算术就差，上了中学数学课，才知此生苦海无边；除了切割整数，正负颠倒，进而用乘方、开方肢解世界，非把人逼疯不可。我完全迷失在数学的世界中。如果说期末考试是最后审判，测验摸底就如同过堂大刑伺候。不过各有各的求生之道，期末考试前一天我连看两场电影，在黑暗中忘却一切，大概由于心理放松，考试成绩还马马虎虎过得去。

除了数学，再就是俄文难。中苏反目成仇，大多数中学照样学俄文，首先难的是卷舌音，好在北方车把式的吆喝中也有，于是先学赶车再学俄文，在小纸条的正反面分别写上中文、俄文单词，一大早到后海死记硬背。有的用谐音一辈子都忘不了："星期六"（суббота）——"书包大"；"星期天"（воскресенье）——"袜子搁在里面"；"回家"（домой）——"打毛衣"。到"文革"下一拨改学英文，没正经上课，用谐音只记住一句 Long live Chairman Mao!——"狼来了前面跑！"

作文课也越来越失去了吸引力，政治开始进入写作。在"向雷锋同志学习"的号召下，不仅要做好事，还要学雷锋叔叔那样写日记。

那天下午，我埋伏在厂桥路口，德内大街由此往北是三四百米的大陡坡，一辆满载货物的平板三轮车上坡，光着脊背的师傅奋力蹬车，我冲过去，从后面弓步助推，亦步亦趋，师傅往后瞥了一眼，点点头。我一直帮他推上坡顶，正赶上旁边是家小饭馆，我请师傅等等，冲进饭馆，用两毛钱买了四个火烧，塞进他手里，弄得人家瞠目结舌。

回家我把这段经历先写成日记，再抄在作文本上，第二天交给老师。语文课上，老师让我当着全班同学的面朗读，起初我还有点儿得意，越读越羞愧，竟到了无地自容的地步，比做坏事被当场抓获还糟。此后，我再没写过日记。

造反

初二下学期进入尾声，期末考试在即。教师食堂开小灶，而学生食堂大锅熬，好在学生食堂每周三换花样，总算有点儿盼头。某个周三中午，学生食堂供应菜包子外加蛋花汤，同学们排着队，喜气洋洋的。

我端着菜包子和蛋花汤回到教室，与同学们边吃边聊，突然在菜包子里咬到异物，吐出一看，竟是只死蟑螂。我拍案而起，在几个同学簇拥下冲向食堂，盛汤的大师傅正要收工，他含糊其词，说这事得找食堂管理员。我像丹柯一样举着菜包子，率众人包围了食堂办公室。

管理员老李皮肤白皙、尖嘴猴腮、三角眼，负责食堂管理和采购，整天悠闲地骑车穿过校园，满筐鸡鸭鱼肉，均与学生食堂无关。听完我的慷慨陈词，他说："我看这么办吧，让大师傅再给你换个菜包子。"

"什么？"我火了，提高嗓门说，"换个包子就行啦？"

"那你说怎么办？"他平静地问。

我一时语塞，愣住了，转而理直气壮宣称："今后要检查卫生，改善伙食，并向全体同学公开道歉！"

"那你怎么证明那是蟑螂，而不是海米呢？"老李反问道。

我转身发动群众："大家说说，咱们食堂在菜包子里放过海米吗？""没有！"我冲老李大叫大喊："我向食堂抗议！""抗议！"群情激愤，跟着我喊口号，一时有点儿失控。

"你还反了？"老李大吼一声，脸色煞白，"赵振开，你一贯调皮捣蛋，我告诉你，你再无理取闹，先取消你入伙资格，我再告到校长办公室，给你记过处分，直到开除。哪个同学跟着他，一样下场！"

这威胁果然奏效，大多数人散去，只剩下我和两三个同班同学，一想到开除和父母的反应，我也含糊了。那两三个同学不见了，只剩下我和老李僵持，怒目相向。上课铃响，我把菜包子狠狠摔在地上，悻悻而去。

我平生头一次聚众造反，以失败告终。我悟出权力本来就是不讲理的——蟑螂就是海米；也悟出要造反，内心必须强大到足以承受任何后果才行。

军乐队

当年在北京中学生中有这么个说法：八中的会，三中的费，四中的近视眼，十三中的军乐队。军乐队是十三中的骄傲，那些钢管乐器都是从辅仁附中继承下来的，坑坑洼洼，特别是大圆号还打着补丁。尽管如此，在北京中学生运动会和各种大型集会上，数十三中最神气。

一九六三年暑假，我和一凡都参加了北京中学生的"小八路夏令营"。一凡是班长，走在（2）班队列前头，我是白丁，加上个头儿矮小，混在（4）班队尾。从学校操场出发，走在最前面的是军乐队，阳光在铜管乐器上闪着乌光，突然间鼓号齐鸣，惊天动地，调整队列时，我和一凡交错而过，我们得意地交换了一下眼色。

孤　　独

吴冠中 / 文

> > >

　　人，从躯体到精神，是独立的个体，这硬道理决定了人的孤独。

　　多年前一位朋友搬家，他说真麻烦，以后不愿再搬，要搬就搬烟囱胡同（火葬场）了。后来他真的去了烟囱胡同，但并非一家搬去，只是他自己独自去了。

人生得一知己足矣

　　好鸟枝头皆朋友，幼儿园里皆朋友。小学同窗好友多；中学时代的同学大都讲义气，赤诚相见；大学时代知音渐稀，但相知者了解较深，感情弥笃。人生数十年，跋山涉水，出生入死，幸运与悲痛的各阶段都会有惺惺相惜的同路人、知己。但峰回路转，换了同路人，世事相隔，人情异化，故曰：人生得一知己足矣！在复杂多变的数十年人生道上，确乎难于永葆自始至终的知音。

人，从躯体到精神，是独立的个体，这硬道理决定了人的孤独，孤独是人的本分。但人偏偏不本分，爱群体，生活的欢乐和意义都体现在群体活动中——虽然人们也欣赏独来独往的老虎与雄鹰。有了群体，人们才步入创造，个体比之群体，其间差异难以衡量。创造成果人人共享，李白、杜甫、苏轼、陆游成了一家人，前仆后继力无尽，人类还将迁往无名的星球。但在波涛万丈的前进洪流中，一个个个体像蚂蚁般消亡。消亡前，人往往苦于孤独感；消亡后呢，孤独感也消亡了？或开始永恒的真正的孤独。

情侣双双殉情、夫妻携手共赴死难，都为了不愿分离，惧怕孤独，但毕竟都不得不分离，不得不进入各人特有的孤独、永恒的孤独。永恒的孤独转化为永恒的安宁，但人们留在群体的贡献代代闪光。

人生数十年，得一知己足矣，故古有伯牙摔琴谢知音。

（发表于《明报月刊》二〇〇五年第三期）

如何与时间斗争到底

苏童 / 文

> > >

　　时间消逝的速度总是比人预料的要匆忙，几年前我从媒体和孩子们的作文中看到"跨世纪"这个字眼，还觉得这是一件很遥远的未来的事，没想到这会儿跨世纪已成事实。千禧年，千禧年，有幸活着的人有一件共同的喜事，坐在家里，不费吹灰之力就跨了世纪，听起来高难度的事情，做起来竟然那么容易。

　　我的生活有一半留在了二十世纪，这一半生活一定有许多错误的地方，却没有机会矫正了；一定有许多令人痛心的细节，却怎么也想不起来了，必须对自己说，来日方长。此话依据何在？依据其实就是时间，这可爱的又狡猾又聪明的玩意儿，你以为你在把玩它，夜深人静的时候，听见窗外的风声，看见床边的月光，你突然意识到你是被时间所围困的，时间，它一直在玩弄你呢。

就这么迎接二十一世纪了，孩提时代所想象的未来，顷刻间变成了现实，未来就莫名其妙地失去了诗意，这有什么可以抱怨的吗？没有，就像我们年复一年的生活，归根结底，迎接的其实是一次次的日出日落。这是人类母亲对儿女们永恒的安排，也是唯一永恒的安排。

意大利作家伊塔罗·卡尔维诺有一部小说《爬到树上的人》，主人公出于对现实的不满和逃避，爬到一棵树上生活去了。

这些日子以来，看到报上、电视上人们在展望千禧年时，我总是会莫名地想象卡尔维诺笔下的那个男人，想象这个人在树上眺望时间看见的是什么景象，生活在树上的人，他是否能够描述时间消逝的每一个细节呢？也许风雨雷电、朝露暮霭以及绿树叶的存亡可以帮他的忙，可是他又如何描述时间对我们深刻的敌意与无穷的威吓呢？时间说，因为我的存在，你们注定是另一种植物，你们的命运最终也是枯萎，或者凋零。

看来树上也去不得。许多勇敢而聪明的人信誓旦旦，说要在有限的生命里创造无限的光荣，将自己的名字留在历史的册页上。这功勋其实仍然是建立在纸上（也许在多媒体光盘上），说到底，我们迄今找不到一个最彻底的方案，如何与时间斗争到底。

生命的彩霞

林青霞 / 文

> > >

　　从泰姬陵回到德里要五个钟头的车程，车上的人都睡了。我望向车窗外，"好美呀，月亮！"弯弯的月牙，就像画上四分之一圆圈的金边，圆圈里是透明的，像孩子们吹起的泡泡。月亮下方千层糕似的彩霞，描着银白、灰黄、金黄、紫红、鲜红、橘黄各种颜色，一层层落到印度人家的院落。

　　从德里到世界七大奇景之一泰姬陵的路途中，我看到的是滚滚的黄沙和破烂的民居，路边的瘦牛在垃圾堆里寻找食物，真奇怪，这里的牛怎么会在街道边的住宅出现？车子在红绿灯前停下，车窗外一个又黑又瘦的妇人抱着又黑又瘦的小孩，两个人各用五根手指碰触着嘴唇，示意他们需要吃的。路边草席覆盖着一个人，我想是个没有生命的人，周围没有谁去理会他，这是个什么样的世界？这里的人又有着什么样的生命？这里有美丽的彩霞，生命不该是这样的，为什么他们的生命就这样的暗淡？这样的悲哀？这样的没有光彩？

到了泰姬陵，导游叫我站在一个点上，前面是泰姬陵，后面是一座拱门，他要我看的是前后比例的对称、平衡和几何图形的设计，我看到的却是天堂、地狱极端的对比，前面拱门后的花园深处是雪白光鲜完美的大理石建筑物，后面拱门外抛下的是尘土般破烂的民居。

这座泰姬陵是莫卧儿王朝第五代皇帝为纪念已故爱妻穆塔兹·玛哈而建立的陵墓，一共动员了两万名世界各地的工匠、书法家分工合作，花了二十二年时间才打造成这座伟大的艺术建筑。我们走进拱门，拱门顶上有二十二个圆形小石柱，每一个石柱代表一年。进了花园，中间是长长的大理石水池，水池两旁是翠绿的青草地和树木，池里映着陵墓的倒影，仿佛置身于真实与虚幻之间，导游对着我按了一下快门，他说我的太阳镜可以反射出这完美的建筑。

主体建筑外观以高级的纯白色大理石打造，内外的花卉图案采用自然宝石镶嵌，有水晶、翡翠、孔雀石和珊瑚。导游用手电筒一照，顿时一片透明亮堂。

陵墓旁边的回廊是雪白大理石花朵浮雕，光鲜亮丽，每一朵都是雕刻艺术家的心血。人在万花丛中，天气虽然炎热，竟也感到徐徐凉风袭来，偶尔还有几声回响，令人迷惘低回。

陵寝正中央是穆塔兹·玛哈和沙贾汗的纪念碑，仿佛一对珠宝装饰的盒子放置在雕刻精美的屏风中。

"一滴爱的泪珠"

走出这有三百五十五年历史的建筑物，心中赞叹着伟大爱情的力量。他送给她的不是多少克拉的珠宝钻石，他送给她的是不朽的世界遗产。印度诗人泰戈尔说泰姬陵是"一滴爱的泪珠"，"生命和青春，财富和荣耀都会随光阴流逝……只有一滴爱的泪珠，泰姬玛哈陵，在岁月长河的流淌里，光彩夺目，永远，永远"。

泰姬陵早、中、晚呈现的面貌各不相同，早上是灿烂的金色，白天阳光下是耀眼的白色，外墙嵌着的宝石被太阳映射得七彩缤纷，像钻石一样闪闪发亮，夕阳斜照下，白色的泰姬陵从灰黄、金黄，逐渐变成粉红、暗红、淡青色。

有一天，它那辉煌灿烂的光芒和七彩的颜色会不会映照着印度苦难的百姓，给他们的生命带来光彩，像彩霞一般的颜色？

二〇〇九年二月十日

我的棉袄

陈丹燕 / 文

> > >

  我小时候很爱得病，平均每个月要到医院小儿科去看一次病，总是扁桃腺发炎、发高烧，小儿科的医生都认识我了，每看到我拿着厚厚的病历卡走进小儿科，那里的医生就朝我长长地叹口气，说："你又来报到了。"所以，别的小孩还没穿毛衣，我就已经穿上毛衣了。等梧桐树掉叶子、天开始刮北风了，别的小孩穿毛衣，我就该换上棉袄了。等下雨了、下雪了，别的小孩都穿棉袄了，我妈妈就担心我的棉袄不够暖了。经常感冒、发烧的我，比同龄的小孩都要瘦小的我，能一口气吞下四片大药片的我，在我妈妈看来，需要最保暖的棉袄。

　　妈妈是东北人，会做棉袄。她总是在天还没冷下来时，就开始准备我的棉袄了。从前人们说，小孩子的骨头嫩，不可以穿新丝绵。妈妈就把她自己穿了一冬的旧丝绵棉袄拆了，把她棉袄里的丝绵拿出来给我用。丝绵是微微发黄的、亮晶晶的、滑溜溜的东西，听说是用蚕宝宝吐的丝做成的，不是真正种出来的棉花，是很珍贵的东西，我看到妈妈用手轻轻将它们拉松，平平铺在纱布上，铺出一件棉袄的样子。她喜欢我这时一直在她身边，常常伸手摸一下我的肩膀，轻轻地摸肩膀的边缘，说："呀，这么窄！简直就没有肉，什么衣服也撑不起来。"说着，在肩膀那里将丝绵铺得厚一点。或者，让我把胳膊伸出来比比，我的胳膊常常比一般小孩要长。妈妈这就高兴了，说："看看，差点就把袖子裁得短了！袖子一短，棉袄再暖，身上也不会暖的。"妈妈每次做的棉袄袖子都很长，第一年不得不将袖子挽起来。袖子又厚，挽在手腕上，觉得自己的胳膊像两把大榔头。但是我不敢抱怨妈妈，妈妈不是那种喜欢做家务的人，常抱怨做家务。她喜欢听音乐。她为我做棉袄已经很不容易了，我家别人的棉袄都是买的，只有我的棉袄是妈妈亲手做的，她在肩膀、袖子和后背处都絮得格外厚些，好让我暖和。

　　妈妈絮好丝绵，用纱布细细地、软软地包着，用细棉线轻轻地连成了衣裳的样子。然后，她把它放到罩布上，用罩布包起来再缝上。妈妈常常将她的缎子旗袍拆了，给我做棉袄的罩布。她有好多漂亮的旗袍，不适合穿的都在我家箱子里压着。开始时妈妈还存着，每年夏天都拿出来晒霉。后来她绝望了，认为她这一辈子是再也穿不上它们了，就开始胡乱将它们拆了，给我改衣服穿。妈妈的旗袍都是用极细的好缎子做的，手摸上去，老觉得手上的皮肤太粗了，沙沙地勾着了缎子的丝，让人不敢摸。它被灯光一照，泛出一片柔和明亮的光来，令人不敢想穿在身上的样子。妈妈垂着头，密密地缝着我的棉袄，说："这件旗袍是春秋天穿的。有次穿了去开晚会，让一个刚到上海的波兰人见了，羡慕得不得了，她忍不住动手来摸，也顾不得礼貌。"我见过妈妈穿旗袍时的照片，温婉漂亮，配了象牙胸针和高跟鞋。我和妈妈，我们两个人都觉得将它改成我的棉袄，真是糟蹋了。可是我们都没说出来。那是20世纪70年代初期的中国，连我这种小孩都知道有些事需要放在心里不能说，何况是妈妈。

用缎子做的棉袄是又轻又软的，就是经不起磨。我的棉布罩衣只要一个冬天，就把棉袄的缎子面磨破了。那像云霞一样闪烁的缎子面被磨掉了，露出里面红色的底子，像照片的底版一样。在红色的底子上，隐约还可以看到面子上的花纹。我这才知道，原来缎子上的花纹是分好几层织上去的。妈妈看到我的棉袄这么快就破了，并不吃惊，也没有抱怨我不爱惜。她也许知道我非常爱惜，我从来不乱脱、乱扯、乱放，从来不像别人那样，晚上睡觉时将棉袄压在被子角上，当毯子用。她只是说："上好的缎子怎么禁得起贴着布，天天磨呢？"她好像早就料到会是这样的。

心　愿

张爱玲 / 文　陈子善 / 译

> > >

时间好比一把锋利的小刀——用得不恰当，会在美丽的面孔上刻下深深的纹路，使旺盛的青春月复一月、年复一年地消磨掉；但是，使用恰当的话，它却能将一块普通的石头琢刻成宏伟的雕像。圣玛利亚女校虽然已有五十年历史，仍是一块只会稍加雕琢的普通白石。随着时光的流逝，它也许会给尘埃染污，受风雨侵蚀，或破裂成片片碎石。

另一方面，它也可以给时间的小刀仔细地、缓慢地、一寸一寸地刻成一个奇妙的雕像，置于米开朗琪罗的那些辉煌的作品中亦无愧色。这把小刀不仅为校长、教师和明日的学生所持有，我们全体同学都有权利操纵它。如果我能活到白发苍苍的老年，我将在炉边宁静的睡梦中，寻找早年所熟悉的穿过绿色梅树林的小径。当然，那时候，今日年轻的梅树也必已进入愉快的晚年，伸出有力的臂膊遮蔽着纵横的小径。饱经风霜的古老钟楼，仍将兀立在金色的阳光中，发出在我听来是如此熟悉的钟声。在那缓慢而庄严的钟声里，高矮不一、脸蛋儿或苍白或红润、有些身材丰满、有些体形纤小的姑娘，焕发着青春活力和朝气，像小溪般涌入教堂。在那里，她们将跪下祈祷，向上帝低声细诉她们的生活小事：她们的悲伤、她们的眼泪、她们的争吵、她们的喜爱，以及她们的宏愿。她们将祈求上帝帮助自己达到目标，成为作家、音乐家、教育家或理想的妻子。我还可以听到那古老的钟楼在祈祷声中发出回响，仿佛是低声回答她们："是的，与全中国其他学校相比，圣玛利亚女校的宿舍未必是最大的，校内的花园也未必是最美丽的，但它无疑有最优秀、最勤奋好学的小姑娘，她们将以其日后辉煌的事业来为母校增光！"

听到这话语时，我的感受将取决于自己在毕业后的岁月里有无任何成就。如果我没有恪尽本分，丢了荣耀母校的权利，我将感到羞耻和悔恨。但如果我在努力为目标奋斗的路上取得成功，我可以欣慰地微笑，因为我也有份用时间这把小刀，雕刻出美好的学校生活的形象，虽然我的贡献是那样的微不足道。

（原作为张爱玲高中英文习作）

（一九三七年）

（《明报月刊》一九九〇年第七期）

时　差

余华 / 文

> > >

　　我不是一个热爱旅行的人，因此我在每一次长途跋涉前都不做准备，常常是在临行的前夜放下手上的工作，收拾一些衣物，第二天稀里糊涂地出发了。以前我每一次去欧洲，感觉就像是下楼取报纸一样，欧洲大陆在我这里没有什么遥远的感觉，而且十多年来我养成了生活没有规律的习惯，欧洲与中国六个小时的时差对我没有作用，因为以前去欧洲都是直飞，也就没有什么旅途的疲累。这一次去美国就不一样了，我坐联航的班机，先到东京，再转机去旧金山，然后还要转机去华盛顿，整个旅途有二十多个小时，这一次我深深地感到了疲累，而且是疲惫不堪。

我在东京转机的时候，差一点误了飞机。我心里只想着美国的时差，忘记了东京和北京还有一个小时的时差，当我找到登机口时，看到机票上的时间还有两个小时，就在东京机场里闲逛起来，一个小时以后才慢慢地走回登机口，这时看到一位日本的联航职员站在那里一遍遍叫着"圣——弗朗西斯科"，我才想起日本的时差，我是最后一个上飞机的。

九个小时的飞行之后，我来到了旧金山，为了防止转机去华盛顿时再发生时差方面的错误，我在飞机上就将时差调整到了美国时间。当时我想起很久以前读过王安忆的文章，她说从中国飞到美国，美国会倒贴给中国一个小时。我在手表上让美国倒贴了，指针往回拨了一个小时。在旧金山经过了漫长的入境手续之后，又走了漫长的一段路程，顺利地找到了联航国内航班的登机口，我的经验是将登机牌握在手中，沿途见到一个联航的职员就向他们出示，他们就会给我明确的方向。

然后我坐在去华盛顿的飞机上，这时我感到疲累了，当我看了一下机票上的时间后，一种痛苦在我心中升起，机票的时间显示我还要坐八个多小时的飞机，而且我的身旁还坐着一个美国大胖子，我三分之一的座位属于他了。我心想这一次的旅途真的要命；我心想这美国大得有些过分了，从西海岸飞到东海岸还要八个多小时，差不多是从北京飞到巴黎了；我心想就是从哈尔滨飞到三亚也不需要这么长的时间。我在飞机上焦躁不安，并且悲观难受，有时候还怒气冲冲。四个多小时过去后，飞机驾驶员用粗哑的英语通过广播一遍遍说出了华盛顿的地名，随后是空姐走过来要旅客摇起座椅靠背。我万分惊喜，同时又疑虑重重，心想难道机票上的时间写错了？这时候飞机降落了，确实来到了华盛顿。

在去饭店的车里，我问了前来接我的朋友吴正康后，才知道华盛顿和旧金山有三个小时的时差。在美国生活了十多年的吴正康告诉我：美国内陆就有四个时区。第二天我们在华盛顿游玩，到国会山后，我说要上一下厕所，结果，我看到厕所墙上钟的时间和我的手表不一样，我吓了一跳，心想难道美国国会也有自己的时区？这一次是墙上的钟出了问题。美国的时差让我成为惊弓之鸟。

五天以后，我将十二张飞机票放进口袋，开始在美国国内的旅行。此后每到一个城市，我都要问一下吴正康："有没有时差？"

一九九九年六月三十日

（发表于《明报月刊》一九九九年第八期）

失 帽 记

余光中 / 文

> > >

二〇〇八年的世界有不少重大的变化，其间有得有失，这一年我自己年届八十，其间也得失互见：得者不少，难以细表，失者不多，却有一件难过至今，我失去了一顶帽子。

一顶帽子值得那么难过吗？当然不值得，如果是一顶普通的帽子，甚至是高价的名牌。但是去年我失去的那顶，不幸失去的那一顶，绝不普通。

帅气、神气的帽子我戴过许多顶，头发白了、稀了之后尤其喜欢戴帽，一顶帅帽遮羞之功，远超过假发。丘吉尔和戴高乐同为"二战"之英雄，但是戴高乐戴了高帽尤其英雄，所以戴高乐戴高帽而乐之，所以我从未见过戴高乐不戴高帽。

戴高乐那顶高卢军帽丢过没有，我不得而知。我自己好不容易选得合头的几顶帅帽，却无一久留，全都不告而别。其中包括两顶苏格兰呢帽，一顶大概是掉在英国北境某餐厅，另一顶则应遗失在莫斯科某旅馆。还有第三顶是在加拿大维多利亚港的布恰花园所购，白底红字，状若戴高乐的圆筒鸭舌军帽而其筒较低：当日戴之招摇过市，风光了一时，后竟不知所终。

一个人一生最容易丢失也丢得最多的该是帽与伞。其实伞也是一种帽子，虽然不戴在头上，毕竟也是为遮头而设。而两者之所以易失，也都是为了主人要出门，所以终于和主人永诀，更是因为同属身外之物，一旦离手离头，几次转身就被主人忘了。

帽子有关风流形象。独孤信出猎暮归，驰马入城，其帽微侧，吏人慕之，翌晨戴帽尽侧，千年之后，纳兰性德的词集亦称《侧帽》。孟嘉重九登高，风吹落帽，浑然不觉，桓温命孙盛作文嘲之，孟嘉也作文以答，传为佳话，更成登高典故。杜甫七律《九日蓝田崔氏庄》并有"羞将短发还吹帽，笑倩旁人为正冠"之句；他的《饮中八仙歌》更写饮者的狂态："张旭三杯草圣传，脱帽露顶王公前，挥毫落纸如云烟。"尽管如此，失帽却与风流无关，只和落拓有份。

去年十二月中旬，香港中文大学图书馆为我八秩庆生，举办了书刊、手稿展览，并邀我重回沙田去签书、演讲。现场相当热闹，用媒体流行的说法，就是所谓人气颇旺。联合书院还编印了一册精美的场刊，图文并茂地呈现我在香港时期十一年（一九七四—一九八五年），在学府与文坛的各种活动，题名《香港相思——余光中的文学生命》，在现场送给观众。典礼由黄国彬教授代表文学院致辞，除了联合书院冯国培院长、图书馆潘明珠副馆长、中文系陈雄根主任等主办人之外，与会者还包括了昔日的同事卢玮銮、张双庆、杨钟基等，令我深感温馨。放眼台下，昔日的高足如黄坤尧、黄秀莲、樊善标、何杏枫等，如今也已做了老师，各有成就，令人欣慰。

演讲的听众多为学生，由中学老师带领而来，讲毕照例要签书，为了促使长龙蠕动得较快，签名也必须加速。不过今日的"粉丝"不比往年，索签的要求高得多了：不但要你签书、签笔记本、签便条、签书包、签学生证，还要题上他的名字、他女友的名字，或者一句赠言，当然，日期也不能少。那些名字往往由索签人即兴口述，偏偏中文同音字最多。"什么 what？恩惠的惠吗？""不是的，是智慧的慧。""也不是，是恩惠的惠加草字头。"乱军之中，常常被这么乱喊口令。不仅如此，一粉丝在桌前索签，另一粉丝却在你椅后催你抬头，停笔，对准众多相机里的某一镜头，与他合影，笑容尚未收起，而夹缝之中又有第三双手伸来，要你放下一切，跟他"交手"。

这时你必须全神贯注，以免出错。你的手上，忽然是握着自己的笔，忽然是他人递过来的，所以常会掉笔。你想喝茶，却鞭长莫及。你想脱衣，却匀不出手。你内急已久，早应泄洪，却不容你抽身疾退，这时，你真难身外分身，来护笔、护表、护稿、扶杯。主办人焦待于旋涡之外，不知该纵容或喝止炒热了的"粉丝"。

去年年底在中文大学演讲的那一次，听众之盛况不能算怎么拥挤，但也足以令我穷于应付，心神难专。等到曲终人散，又急于赶赴晚宴，不遑检视手提包及背袋，代提的主人又川流不息，始终无法定神查看。餐后走到户外，准备上车，天寒风起，需要戴帽，连忙逐袋寻找。这才发现，我的帽子不见了。

事后几位主人回去现场，又向接送的车中寻找，都不见帽子踪影。我存和我，夫妻俩像侦探，合力苦思，最后确见那帽子是在何时、何地，所以应该排除在某地、某时失去的可能，诸如此类过程。机场话别时，我仍不死心，还谆谆嘱咐潘明珠、樊善标，如果寻获，务必寄回高雄给我。半个月后，他们把我因"积重难返"而留下的奖牌、赠书、礼品等寄到台湾。包里层层解开，真相揭晓，那顶可怜的帽子，终于是丢定了。

仅仅为了一顶帽子，无论有多贵或是有多罕见，本来也不会令我如此大惊小怪。但是那顶帽子不是我买来的，也不是他人送的，而是我身为人子继承得来的。那是我父亲生前戴过的，后来成了他身后的遗物，我存整理时所发现，不忍轻弃，就说动我且戴起来。果然正合我愿，而且款式潇洒，毛色可亲，就一直戴下去了。

那顶帽子呈扁楔形，前低后高，戴在头上，由后脑斜压向前额，有优雅的缓缓坡度，大致上可称贝瑞软帽（beret），常覆在法国人头顶。至于毛色，则圆顶部分呈浅陶土色，看来温暖体贴。四周部分则前窄后宽，织成细密的十字花纹，为淡米黄色，戴在我的头上，倜傥风流，有欧洲名士的超逸，不止一次赢得研究所女弟子的青睐。但帽内的乾坤，只有我自知冷暖，天气越寒，尤其风大，帽内就越加温暖，仿佛父亲的手掌正护在我头上，掌心对着脑门儿。毕竟，同样的这一顶温暖曾经覆盖过父亲，如今移爱到我的头上，恩佑两代，不愧是父子相传的忠厚家臣。

回顾自己的前半生，有幸集双亲之爱，才有今日之我。当年父亲爱我，应该不逊于母亲，但小时我不常在他身边，始终呵护着我、庇佑着我的，甚至在抗战沦陷区逃难，生死同命的，是母亲。肌肤之亲，操作之劳，用心之苦，凡她力之所及，哪一件没有为我做过？反之，记忆中父亲从来没打过我，甚至也从未对我疾言厉色，所以绝非什么严父。不过父子之间始终也不亲热。小时他倒是常对我讲论圣贤之道，勉励我要立志立功。长夏的蝉声里，倒是有好几次父子俩坐在一起看书：他靠在躺椅上看《纲鉴易知录》，我坐在小竹凳上看《三国演义》。冬夜的桐油灯下，他更多次为我启蒙，苦口婆心引领我进入古文的世界，点醒了我的汉魄唐魂。张良啦，魏征啦，太史公啦，韩愈啦，都是他介绍我初识的。

后来做父亲的渐渐老了，做儿子的也长大了，各忙各的。他宦游在外，或是长期出差数下南洋，或担任同乡会理事长，投入乡情侨务；我则学府文坛，烛烧两头，不但三度旅美，而且十年居港，父子交集不多。自中年起他就因关节病苦于脚痛，时发时歇，晚年更因青光眼近于失明。二十三年前，我接中山大学之聘，由香港来高雄定居。我存即毅然卖掉台北的故居，把我的父亲、她的母亲一起接来高雄安顿。

许多年来，父亲的病情与日常起居，幸有我存悉心照顾，并得我岳母操劳陪伴。身为独子，我却未能经常省视侍疾，想到五十年前在台大医院的加护病房，母亲临终时的泪眼，谆谆叮嘱"爸爸你要好好照顾"，实在愧疚无已。父亲和母亲鹣鲽情深，是我前半生的幸福所赖，只记得他们大吵过一次，却几乎不曾小吵。母亲逝于五十三岁，长她十岁的父亲，尽管亲友屡来劝婚，却终不再娶，鳏夫的寂寞守了三十四年，享年，还是忍年，九十七岁。

可怜的老人，以风烛之年独承失明与痛风之苦，又不能看报、看电视以遣忧，只有一架古董收音机喋喋为伴。暗淡的孤寂中，他能想些什么呢？除了亡妻和历历的或是渺渺的往事。除了独子为什么不常在身边。而即使在身边时，也从未陪他久聊一会儿，更从未握他的手或紧紧拥抱住他的病躯。更别提四个可爱的孙女，都长大了吧，但除了幼珊之外，又能听得见谁的声音？

长寿的代价，是沧桑。

所以在遗物之中竟还保有他常戴的帽子，无疑是继承了最重要的遗产，父亲在世，我对他爱得不够，而孺慕耿耿也始终未能充分表达。想必他深心一定感到遗憾，而自他去后，我遗憾更多，幸而还留下这么一顶帽子，未随碑石俱冷，尚有余温，让我戴上，幻觉未尽的父子之情，并未告终，幻觉依靠这灵媒之介，犹可贯通阴阳，串联两代，一时还不至于将上一个戴帽人完全淡忘。这一份与父共帽的心情，说得高些，是感恩，说得重些，是赎罪，不幸，连最后的这一点凭借竟也都失去，令人悔恨。

寒流来时，风势助威，我站在岁末的风中，倍加畏冷。对不起，父亲。对不起，母亲。

艺术是克服困难

——读《红楼梦》管窥

杨绛 / 文

> > >

  中国古代的小说和戏剧，写才子佳人的恋爱往往是速成的。元稹《会真记》里张生和莺莺的恋爱就是一例；不过张生虽然一见莺莺就颠倒"几不自持"，莺莺的感情还略有曲折。两人初次见面，莺莺在赌气。张生和她攀谈，她也没搭理。张生寄诗挑逗，她起初还拒绝，经过一番内心斗争才应允张生的要求。

  皇甫枚《三水小牍》写步飞烟和赵象的恋爱，就连这点曲折都没有：赵象在墙缝里窥见飞烟，立刻"神气俱丧，废食忘寐"。他托人转达衷情，飞烟听了，"但含笑凝睇而不答"，原来她也曾窥见赵象，爱他才貌，所以已经心肯，据她后来说，她认为这是"前生姻缘"。戏剧拘于体裁，男女主角的恋爱不仅速成，竟是现成。王实甫《西厢记》里张生和莺莺偶在僧寺相逢，张生一见莺莺就呆住了，仿佛撞着"五百年风流业冤"，"眼花缭乱口难言，魂灵儿飞半天"。莺莺并不抽身回避，却"尽人调戏𧙗香肩，只将花笑拈"；她回身进内，又欲去不行，"眼角留情"，"脚踪儿将心事传"；还回头相看，留下"临去秋波那一转"。当晚月下，两人隔墙唱和，张生撞出来相见，虽然红娘拉了小姐进去，两人却"眉眼传情，口不言，心自省"，换句话说，已经目成心许。白仁甫《墙头马上》写裴少俊和李千金的恋爱更是干脆：两人在墙头一见，立刻倾心相爱。

汤显祖《牡丹亭》里的杜丽娘，压根儿还未碰见柳梦梅，只在梦里见到，"素昧平生"，可是觉得"是哪处曾相见，相看俨然"，便苦苦相思，弄得神魂颠倒，死去活来。

这种速成或现成的恋爱，作者总解释为"天缘""奇缘""夙缘"，或"五百年风流业冤"。这等情节，古希腊小说里也早有描写。在海留多拉斯（Heliodorus）的有名的《埃修匹加》（Aethiopica）里，男女主角若不是奇缘，绝不会相见。

他们偶在神庙相逢，"两人一见倾心，就在那一面之间，两个灵魂已经互相投合，仿佛感觉到彼此是同类，彼此是亲属，因为品质相仿。当时两下里都一呆，仿佛愣住了……两人深深地相视半晌，好像是认识的；或者似曾相识，各在搜索自己的记忆"。阿克琉斯·泰洽斯（Achilles Tatius）的《琉席贝与克利多封》（*Leucippe and Clitophon*）写女主角到男主角家去避难，两人才有机缘相见。

事先男主角有个奇梦，预示他未来的命运。第二天两人见面，据男主角自述："我一见她马上就完了。""各种感觉混杂在我心中。我又是钦慕，又是痴呆，又怕，又羞，又是不识羞。她的相貌使我钦慕，她的美使我痴呆，我心跳可知是害怕，我不识羞地光着眼睛看她，可是被人瞧见时我又害羞。"这两个例子都写平时不得见面的男女青年，一见倾心，而这一见倾心是由于夙世或命定的姻缘。当然，一见倾心和似曾相识的心理状态，并不是由时代和社会背景造成。莎士比亚的《罗密欧与朱丽叶》里，男女主角是在许多男女的舞会上相逢的，他们不也是一见倾心吗？不过在男女没有社交的时代，作者要描写恋爱，这就是最便利的方式。

《红楼梦》里贾宝玉和林黛玉的姻缘，据作者安排，也是前生注定的。所以黛玉一见宝玉，便大吃一惊，心中想道"好生奇怪！倒像在哪里见过的？何等眼熟"！宝玉把黛玉细认一番之后，笑道："这个妹妹，我曾见过的。"不过他们没有立刻倾心相爱，以身相许。作者并不采用这个便利的方式。《红楼梦》里青埂峰下的顽石对空空道人议论"才子佳人等书"，"开口文君，满篇子建，千部一腔，千人一面，且终不能不涉淫滥"。第五十回贾母评才子佳人这类的书"编得连影也没有"，既不合人物身份，也不符实际情况。她这番话和"石兄"的议论相同，显然是作者本人的意见，可见他写儿女之情，旨在别开生面，不落俗套。

作者笔下的林黛玉是"石兄"所谓有痴情、有小才的"异样女子"。贾宝玉不是才子而是个"多情公子"，是公侯家的"不肖子"。他俩的感情一点"不涉淫滥"。林黛玉葬花词里有"质本洁来还洁去"的话，她临终说"我的身子是干净的"，都是刻意表明这一点。黛玉尽管把袭人呼作"好嫂子"，袭人和宝玉的关系她从来不屑过问。她和宝玉的爱情"不涉淫滥"，不由速成，而是小儿女心心相印、逐渐滋生的。

但封建社会男女有别，礼防森严，未婚男女很少有相近的机会。《红楼梦》作者辟出一个大观园，让宝玉、黛玉和一群姊妹、丫鬟同在园内起居，比西欧十八九世纪青年男女在茶会、宴会和舞会上相聚更觉自然家常。这就突破时代的限制。宝玉和黛玉不仅小时候一床睡、一桌吃，直到宝玉十七八岁，他们还可以朝夕相处。他们可以由亲密的伴侣、相契的知己而互相爱恋。但大观园究竟不能脱离当时的社会而自成世界。大观园只容许一群小儿女亲密地一起生活，并不容许他们恋爱。即使戴金锁的是林黛玉，她和宝玉也只可以在结婚之后，享"闺房之乐"。恋爱在当时来说是"私情"，是"心病，甚至是下流痴病"。"别的事"尽管没有，"心病也是断断有不得的"。女孩子大了，懂得人事，如果"心里有别的想头，成了什么人了呢"！

在这种氛围里，宝玉和黛玉断断不能恋爱。作者要"谈情"，而又不像过去的小说或戏剧里用私情幽会的方式来反抗礼教的压力，他就得别出心裁，另觅途径。正因如此，《红楼梦》里写的恋爱，和我国过去的小说、戏剧里不同，也是西洋小说里所没有的。假如宝玉和黛玉能像传奇里的才子佳人那样幽期密约、私订终身，假如他们能像西洋小说或电影里的男女主角，问答一声"你爱我不？""我爱你"，那么，"大旨谈情"的《红楼梦》，就把"情"干干脆脆地一下子谈完了。但是宝玉和黛玉的恋爱始终只好是暗流，非但不敢明说，自己都不敢承认。宝玉只在失神落魄的时候才大胆向黛玉说出"心病"。黛玉也只在迷失本性的时候才把心里的问题直截痛快地问出来。他们的情感平时都埋在心里，只在烦琐的小事上流露，彼此只好暗暗领会，心上总觉得悬乎不定。宝玉唯恐黛玉不知他的心，要表白而不能。黛玉还愁宝玉的心未必尽属于她，却又不能问。她既然心中意中只缠绵着一个宝玉，不免时时要问，处处要问：宝玉心中意中也只有一个她吗？没别的姊妹吗？跟她的交情究竟与众不同吗？还是差不多？也许他跟别人更要好些？人家有"金"来配他的"玉"，宝玉对"金玉"之说果真不理会吗？还是哄她呢？这许多问题黛玉既不能用嘴来问，只好用她的心随时随地去摸索。我们只看见她心眼儿细、疑心重，好像她生性就是如此，其实委屈了黛玉，那不过是她"心病"的表现罢了。

试看她和宝玉历次的吵架或是偶然奚落嘲笑，无非是为了以上那些计较。例如第八回，黛玉奚落宝玉听从宝钗的话，比圣旨还快；第十九回，她取笑宝玉是否有"暖香"来配人家的"冷香"；第二十回，史湘云来了，黛玉讥笑宝玉若不是被宝钗绊住，早就飞来；第二十二回，黛玉听见宝玉背后向湘云说她多心，因而气恼，和宝玉吵嘴；第二十六回，黛玉因晴雯不开门而生误会；第二十八回，黛玉说宝玉见了姐姐就把妹妹忘了；第二十九回，二人自清虚观回来砸玉大吵。这类的例子还很多，看来都只是不足道的细事，可是黛玉却在从中摸索宝玉的心，同时也情不自禁地流露了自己的"心病"。

宝玉何尝不知黛玉的心意，所以时时向她表白。有时表白得恰到好处，二人可以心照不宣。例如第二十回，他表示自己和宝钗的亲不及和黛玉亲，说是"亲不间疏，后不僭先"。黛玉啐道："我难道叫你远她？我成了什么人呢？我为的是我的心。"宝玉道："我也为的是我的心。你难道就知道你的心，不知道我的心不成？"

黛玉听了低头不语。

又如宝玉和黛玉吵架后上门赔罪，说：若等旁人来劝，"岂不咱们倒觉生分了"。黛玉就知他们究竟比旁人亲近。有时宝玉表白得太露骨，如引《西厢记》说："我就是个'多愁多病'的身，你就是那'倾国倾城'的貌。"又说，"'若共你多情小姐同鸳帐'……"这就未免轻薄之嫌，难怪黛玉嗔怒。有时他又表白得太造次，如说"你死了，我做和尚"，未免唐突，使黛玉脸上下不去。

反正他们两人吵架一番，就是问答一番，也许就是宝玉的偈语里所谓"你证我证，心证意证"。到第三十二回，宝玉向黛玉说"你放心"那一段话，竟是直指她的"心病"，他自己也掏出心来。第三十四回，宝玉赠旧帕，黛玉在帕上题诗，二人心上的话虽未出口，彼此都心领神会，"心证意证"，已无可再证。

　　可是黛玉的心依然放不下来。宝玉固然是她的知己，他们的交情又经得起多久呢？彼此年岁渐渐长大，防嫌也渐渐地多起来，不能常像小时候那样不拘形迹；将来宝玉娶了亲，就不能再住在大观园里和姐妹做伴。贾母、王夫人等又不像有意要把她配给宝玉。在宝玉"逢五鬼"前后，据凤姐口气，好像贾府属意的是黛玉。第二十五回，凤姐取笑黛玉说："吃了我们家的茶，怎么还不给我们家做媳妇儿？"还指着宝玉说，"你瞧瞧，人物儿配不上？门第儿配不上？根基家私儿配不上？……"所以宝玉病愈黛玉念了一声佛，宝钗的笑里是很有含意的。可是从此以后，黛玉这点希望日趋渺茫。第二十八回，元妃赏节礼，只有宝钗的和宝玉的一样。第三十五回，宝玉引诱贾母称赞黛玉，贾母称赞的却是宝钗。宝钗在贾府越来越得人心，黛玉的前途也越来越灰暗。黛玉尽管领会宝玉的心，只怕命运不由他们做主。所以她自叹："我虽为你的知己，但恐不能久持；你纵为我的知己，奈我薄命何。"为这个缘故，黛玉时常伤感。第五十七回，紫鹃哄宝玉说黛玉要回南，宝玉听了几乎疯傻。紫鹃在怡红院侍疾回来，对黛玉说宝玉"心实"，劝黛玉"作定大事要紧"，黛玉口中责骂，心上却不免感伤，哭了一夜。第六十四回，宝玉劝黛玉保重身体，说了半句咽住，黛玉又"心有所感"，二人无言对泣。第七十九回，宝玉把《芙蓉女儿诔》里的句子改成"茜纱窗下，我本无缘；黄土垄中，卿何薄命"，黛玉陡然变色，因为正合了时刻在她心念中的伤感和疑虑。

《红楼梦》后四十回描写宝玉和黛玉的恋爱，还一贯用以前的笔法。黛玉一颗心悬悬不定，第八十九回误传宝玉定亲，她就蛇影杯弓，至于绝粒；第九十六回听说宝玉将娶宝钗，她不仅觉得"将身撂在大海里一般"，竟把从前领会的种种，都不复作准。她觉得自己是错了，宝玉何尝是她的知己，他只是个见异思迁、薄幸负心的人。所以她心中恨恨，烧毁了自己平日的诗稿和题诗的旧帕，断绝痴情。晴雯虽然负屈而死，临终却和宝玉谈过衷心的话，还交换过纪念的东西，她死而无憾。黛玉却连这点儿安慰都没有。她的一片痴心竟是空抛了，只好譬说是前生赖他甘露灌溉，今生拿眼泪来偿还。宝玉一次次向黛玉表明心迹，竟不能证实，更无法自明。

他在黛玉身上那番苦心，只留得一点回忆，赚得几分智慧，好比青埂峰下顽石，在红尘世界经历一番，"磨出光明，修成圆觉"，石上镌刻了一篇记载。他们中间那段不敢说明的痴情，末了还是用误解来结束。他们苦苦地互相探索，结果还是互相错失了。

俗语"好事多磨"，在艺术的创作里，往往"多磨"才能"好"。因为深刻而真挚的思想情感，原来不易表达。现成的方式，不能把作者独自经验到的生活感受表达得尽致，表达得妥帖。在创作过程中遇到阻碍和约束，正可以逼使作者去搜索、去建造一个适合于自己的方式；而在搜索、建造的同时，他也锤炼了所要表达的内容，使合乎他自建的形式。这样他就把自己最深刻、最真挚的思想情感很完美地表达出来，成为伟大的艺术品。好比一股流水，遇到石头拦阻，又有堤岸约束住，得另觅途径，却又不能逃避阻碍，只好从石缝中进出，于是就激荡出波澜，冲溅出浪花来。《红楼梦》作者描写恋爱时笔下的重重障碍，逼得他只好去开拓新的境地，同时早把他羁绊在范围以内，不容逃避困难。于是一部《红楼梦》一方面突破了时代的限制，一方面仍然带着浓郁的时代色彩。

　　这就造成作品独特的风格，异样的情味。在这个意义上，可以用十六世纪意大利批评家卡斯特维特罗（Castelvetro）的名言："欣赏艺术，就是欣赏困难的克服。"

（发表于《明报月刊》一九六六年第二期）

我的读书经验

冯友兰 / 文

> > >

　　我今年八十七岁了，从七岁上学起就读书，一直读了八十年，其间基本上没有间断，不能说对于读书没有一点经验。我所读的书，大概都是文、史、哲方面的，特别是哲。我的经验总结起来有四点：（1）精其选；（2）解其言；（3）知其意；（4）明其理。

　　先说第一点。古今中外，积累起来的书真是多极了，真是浩如烟海，但是，书虽多，有永久价值的还是少数。可以把书分为三类：第一类是要精读的；第二类是可以泛读的；第三类是仅供翻阅的。所谓精读，是说要认真地读，扎扎实实地一个字一个字地读。所谓泛读，是说可以粗枝大叶地读，只要知道它大概说的是什么就行了。所谓翻阅，是说不要一个字一个字地读，不要一句话一句话地读，也不要一页一页地读。就像看报纸一样，随手一翻，看看大字标题，觉得有兴趣的地方就大略看看，没有兴趣的地方就随手翻过。听说在中国初有报纸的时候，有些人捧着报纸，就像念五经四书一样，一字一字地高声朗诵。照这个办法，一天的报纸，念一天也念不完。大多数的书，其实就像报纸上的新闻一样，有些可能轰动一时，但是昙花一现，不久就过去了。所以，书虽多，真正值得精读的并不多。下面所说的就是指值得精读的书而言。

怎样知道哪些书是值得精读的呢？

对于这个问题不必发愁。自古以来，已经有一位最公正的评选家，有许多推荐者向它推荐好书。这个评选家就是时间，这些推荐者就是群众。历来的群众，把他们认为有价值的书，推荐给时间。时间照着他们的推荐，对于那些没有永久价值的书都刷下去了，把那些有永久价值的书流传下来。从古以来流传下来的书，都是经过历来群众的推荐，经过时间的选择，流传了下来。我们看见古代流传下来的书，大部分都是有价值的，我们心里觉得奇怪，怎么古人写的东西都是有价值的？其实这没有什么奇怪，他们所作的东西，也有许多没有价值的，不过这些没有价值的东西，没有为历代群众所推荐，在时间的考验上，落了选，被刷下去了。

现在我们所称谓"经典著作"或"古典著作"的书都是经过时间考验，流传下来的。这一类的书都是应该精读的。当然随着时间的推移和历史的发展，这些书中还要有些被刷下去。不过直到现在为止，它们都是榜上有名的，我们只能看现在的榜。

我们心里先有了这个数，就可随着自己的专业选定一些需要精读的书。这就是要一本一本地读，所以在一段时间内只能读一本书，一本书读完了才能读第二本。在读的时候，先要解其言。这就是说，首先要懂得它的文字，它的文字就是它的语言。语言有中外之分，也有古今之别。就中国的汉语笼统地说，有现代汉语，有古代汉语，古代汉语统称为古文。详细地说，古文之中又有时代的不同，有先秦的古文，有两汉的古文，有魏晋的古文，有唐宋的古文。中国汉族的古书，都是用这些不同的古文写的。这些古文，都是用一般汉字写的，但是仅认识汉字还不行。我们看不懂古人用古文写的书，古人也不会看懂我们现在的报纸。这叫语言文字关。攻不破这道关，就看不见这道关里边是什么情况，不知道关里边是些什么东西，只好在关外指手画脚，那是不行的。我所说的解其言，就是要攻破这一道语言文字关。当然在攻这道关的时候，要先做许多准备，用许多工具，如字典和词典等工具书之类。这是当然的事，这里就不多谈了。

中国有句老话说是"书不尽言，言不尽意"。"书不尽言"意思是说，一部书上所写的总要比写那部书的人的话少，他所说的话总比他的意思少。一部书上所写的总要简单一些，不能像他所要说的话那样啰唆。这个缺点倒有办法可以克服。只要他不怕啰唆就可以了。好在笔墨纸张都很便宜，文章写得啰唆一点无非是多费一点笔墨纸张，那也不是了不起的事。可是"言不尽意"那种困难，就没有法子克服了。因为语言总离不了概念，概念对于具体事物来说，总不会完全合适，不过是一个大概轮廓而已。比如一个人说，他牙痛。牙是一个概念，痛是一个概念，牙痛又是一个概念。其实他不仅止于牙痛而已。那个痛，有一种特别的痛法，有一定的大小范围，有一定的深度。这都是很复杂的情况，不是仅仅"牙痛"两个字所能说清楚的，无论怎样啰唆，他也是说不出来的，"言不尽意"的困难就在于此。所以在读书的时候，即使书中的字都认得了、话全懂了，还未必能知道作书的人的意思。

从前人说，读书要注意字里行间，又说读诗要得其"弦外音，味外味"。这都是说要在文字以外体会它的精神实质。这就是知其意。司马迁说过："好学深思之士，心知其意。"意是离不开语言文字的，但有些是语言文字所不能完全表达出来的。如果仅局限于语言文字，死抓住语言文字不放，那就成为死读书了。死读书的人就是书呆子。语言文字是帮助了解书的意思的拐棍。既然知道了那个意思以后，最好扔了拐棍。这就是古人所说的"得意妄言"。在人与人的关系中，过河拆桥是不道德的事。但是，在读书中，就是要过河拆桥。

上面所说的"书不尽言，言不尽意"之下，还可再加一句"意不尽理"。理是客观的道理；意是著书的人的主观的认识和判断，也就是客观的道理在他的主观上的反映。理和意既然有主观、客观之分，意和理就不能完全相合。人总是人，不是全知全能。他主观上的反映、体会和判断，和客观的道理总要有一定的差距，有或大或小的错误。

所以读书仅至得其意还不行，还要明其理，才不至于为前人的意所误。如果明其理了，我就有我自己的意。我的意当然也是主观的，也可能不完全合乎客观的理。但我可以把我的意和前人的意互相比较，互相补充，互相纠正。这就可能有一个比较正确的意。这个意是我的，我就可以用它处理事务，解决问题。好像我用我自己的腿走路，只要我心里一想走，腿就自然而然地走了。读书到这个程度就算是能活学活用，把书读活了。会读书的人能把死书读活，不会读书的人能把活书读死。把死书读活，就能把书为我所用；把活书读死，就是把我为书所用。能够用书而不为书所用，读书就算读到家了。

从前有人说过："六经注我，我注六经。"自己明白了那些客观的道理，自己有了意，把前人的意作为参考，这就是"六经注我"。不明白那些客观的道理，甚至于没有得古人所有的意，而只在语言文字上推敲，那就是"我注六经"。只有达到"六经注我"的程度，才能真正地"我注六经"。

二寸之间

赵丽宏 / 文

古人有一个很有意思的比喻：两代人之间，即父母和子女之间的距离为一寸；而祖孙之间的距离为二寸。这一寸和二寸之间的距离，对从前的人来说，差距并不大。中国人几代同堂，老少共居一室，亲密无间，是非常普遍的事情。不要说二寸，即便是"三寸"，也不是遥不可及的关系。

我没有见过我的祖父，因为他在我出生前几年就去世了。祖父是崇明岛上一个租别人的田地耕种的穷人，生前没有留下照片，所以我不知道他长的什么模样。据说他很像我父亲，不过我还是无法想象。我的祖母却在我的童年生活中留下了无比亲切的印象。我和祖母的接触，也就是童年的三四年时间，我吃过祖母烧的饭菜，穿过祖母做的布鞋。祖母在灯下一针一线为我们几个调皮的孙儿补袜子的情景，在我的记忆中如同一幅温馨的油画。在记忆里，祖母是慈爱的象征，我至今仍清晰地记得她的微笑和声音，以及她那枯瘦的手抚摩我脸颊的感觉。

我的外公和外婆去世得更早，我只是在母亲那本发黄的老相册上见过外公和外婆。外公是一个非常英俊的男人，照片上他目光炯炯地盯着我，但我却无法在他的凝视下产生一点亲切感。而我的外婆在我母亲还是婴儿时就撒手人寰，她是在分娩时去世的，生下的男孩，也就是我最小的舅舅，也没有活过一个月。照片上的外婆是一个绝色美女，眉眼间流露出深深的哀伤，仿佛在拍照时就预感到自己悲剧的命运。尽管母亲曾给我讲过不少关于外公和外婆的故事，但对我来说，这像是小说中的情节，和我的关系不大。但是，另一个外婆的形象，在我的记忆中却和祖母一样亲切。这外婆并不是母亲相册中那个表情哀伤的美女，而是另外一位慈眉善目的白发老人。

我的亲外婆去世后，外公续弦，娶了一个女人，这就是以后和我有千丝万缕关系的另一个外婆。我和外婆住在同一个屋檐下的时间很短，还不到一年，那时我只有四岁。印象中外婆是个劳碌的人，要照顾很多人的衣食起居，一天到晚忙着，没有时间和我说话。后来，我们全家搬出去住了，去外婆家就成了我们生活中的一个习惯。

当我长大一点，我发现外婆原来是一个很有情趣的人。一次，我去看外婆，她从床底下的一个箱子里拿出几本线装书，是她当年读私塾时用过的书。一本是《千家诗》，另一本是《古文观止》。她说："这里面的诗，我现在还能背。"我便缠着外婆要她背古诗，她也不推辞，放开喉咙就大声背了起来："清明时节雨纷纷，路上行人欲断魂……""二月湖水清，家家春鸟鸣……"外婆背唐诗摇头晃脑，像唱歌一样，一副悠然自得的样子。她说，小时候读私塾时，老师就是这样教她背的，背不出，要用板子打手心。外婆喜欢的唐诗大多是描绘春天景色的，听她背诵这些诗句，使我心驰神游，飞向春光烂漫的大自然。外婆和我住在同一个城市里，每年春节，我们都要去给外婆拜年。从我的童年时代一直到中年，年年如此。小时候是跟着父母去，成家后是和妻子一起带着儿子去。外婆长寿，活到九十四岁，前年才去世。去世前不久，我带儿子去看她，她躺在床上，还用最后的力气背唐诗给儿子听。

我的儿子和外婆之间，是"三寸"的关系了，他对外婆的称呼是"太太"。看到他和外婆拉着手交谈，我感到十分欣慰。儿子不知道什么"二寸"和"三寸"，但我从小就让他懂得要爱长辈，要关心老人。儿子和我的父母这"二寸"之间，可谓亲密无间。七年前，父亲卧病在床，我无法带儿子天天去看他，儿子每天放学回家，先打一个电话给父亲，祖孙之间的通话很简单，儿子总是问："公公，你好吗？""公公，身上痛不痛？"然后是父亲问："你在学校里快乐吗？""功课做好了没有？"就是这样简单的对话，对我的父亲来说，却是他离开人世前最大的快乐。听听孙子稚气的声音，感受来自孙辈的关怀，胜过天下的山珍海味。

外婆去世后，我便再没有可以维系"二寸"之间的长辈关系了。每年春天，我和儿子总要陪着母亲去扫墓。站在长辈的墓前，遥远的往事又回到了眼前，亲近犹如昨天。"一寸"和"二寸"之间，此时便不再有距离了。

我哭了大半个中国

林青霞 / 文

> > >

那年在敦煌，有个夜晚，明亮的月光把我的影子映在柔和的沙丘上，那个影子非常巨大，像个古代女子。沙丘前传来许多嘈杂的声音，那是工作人员在吆喝着打灯光，摄影师在调整摄影机的位置，导演在指挥现场。

记住这一刻

那夜，我在敦煌拍摄《新龙门客栈》，在这之前武术指导说，第二天要拍我的一个特写，有许多竹箭向我脸上射去，我用手挡掉这些箭，我担心箭会射到眼睛，他安慰我说，如有这样的情况，人本能的反应会把眼睛闭上。拍这个镜头的时候，为了不想NG，我睁大眼睛快速地挥舞着手中的剑，说时迟那时快，有根竹子正好打中我的眼睛，我确实是自动闭上了眼，但还是痛得蹲在地上。

那是荒郊野外的沙漠地带，不可能找得到医生，医院也关了门，副导演问我，还能拍吗？我忍着痛照照镜子，想把眼泪弄花的眼睛整理整理，忽然发现黑眼珠中间有条白线，武术指导说是羽毛，我点了很多眼药水，怎么冲，那条白线都还在。我见工作人员等急了，赶忙回到现场就位。当时虽然受伤的右眼还在痛，可我被眼前的景致吸引着也不觉得那么痛了，心想如果不是拍戏，我不会欣赏到这样的夜景；如果不是拍戏，我不会有这样复杂得说不清的感受。我告诉自己，要记住这一刻，这样的情境在我的生命中将不会再现。结果，到了十七年后的今天，这个画面、这个情境，还是鲜明地印在我的脑海里。

当天晚上，我一个人在敦煌酒店里，因为自怜和疼痛，哭了一夜，直到累得昏过去才睡着。

第二天，制片带我去医院挂急诊。一位中年女医生到处找插头准备接上仪器，等接上电源，她照了照我受伤的眼睛，神色凝重地说："如果你不马上医治，眼睛会瞎掉。"我看了看桌上的容器，里面装着一大堆待煮的针筒和针，怀疑地问："你们不是每次都换新的针啊？"她很不高兴地回答："我们这都是消毒过的！"

当天我就收拾行李回香港，徐克和南生那天专程赶来拍我的戏，我要求他们等我看完医生回去再拍，徐克说时间紧迫，不能等。

在机场碰到他们时，我一只眼睛包着白纱布，见到南生，两人抱在一块儿，也不知道说了些什么，只记得两个人三行泪。

我一个人孤孤单单地从敦煌到兰州，再从兰州转飞机回香港，在飞机上我把脸埋在草帽里，一路耸着肩膀哭回香港。传说孟姜女为寻夫哭倒长城，我是因为《新龙门客栈》哭了大半个中国。

养和医院的医生说黑眼珠那条白线，是眼膜裂开了，没有大碍，住两天院就没事了，可是大队人马已经回到香港赶拍结局。

我非常懊恼，千里迢迢跑到敦煌大漠，在那美好的景色里，竟然没有留下什么。因为懊恼，一直到现在我都不愿看《新龙门客栈》。

夜阑人静爱望月

从小就喜欢宁静的夜晚，今年复活节我们一家人到泰国布吉岛度假，一个星期都住在船上，每到夜阑人静大伙儿都睡了，我总是一个人躺在甲板上看月亮。有一晚那月光亮得有点刺眼，它的光芒照得周围云彩向四面散开，形成一个巨大的银盘子，又像镶了边的大饼，这样奇特的景色，我看了许久许久。

这一刻，我想起了十七年前在敦煌的那一夜。

二〇〇九年四月十三日

故宫的建筑

沈从文 / 文

> > >

　　北京是以风格特殊的东方古建筑著名的。天坛、颐和园等建筑群都自成一个体系，具有独立的艺术风格；综合起来又如一个整体，从属于更大结构的要求，即全个北京城设计的企图。北京城的中心主题结构是紫禁城里的故宫。天安门只算故宫前沿突出部分的一座大门。由此向前还有中华门、正阳门等一线贯通直达最南端的永安门，这条既平且直如砥如矢的中心大道，和北京一样，是五百五十年前明永乐定都就安排好了的。由天安门向里走，还有端门、午门，午门才是紫禁城真正的大门，午门以内紫禁城统属故宫范围，现在是故宫博物院——世界著名的一所文化美术博物院。

午门是天安门以外另一结构，它在历史上的作用和古罗马凯旋门有些相同。在棕红色三丈高台上矗立起一长列九楹重檐大殿，有四个金顶重檐方阙楼环绕着，两道长廊把它们贯穿成一个整体，显得端重而严肃。午门下边东西两廊，清代文武官员多在此候朝。皇帝坐朝时，午门两旁阙楼即钟鼓齐鸣。

紫禁城是一个方形，南北长三百三十六丈、东西三百零二丈九尺五寸。共有四门，各有雄伟高大的门楼，四角还各有转角楼一座。结构壮丽而秀拔。

进午门是金水桥和太和门。金水河如一条曲折白玉带子横亘广场，五座白石桥一排展开，门前有一对雄伟威猛的青铜狮子，周围用长廊环抱。太和门平台虽不怎么高大，迎面看来格局却十分壮观。门后广场尽头便是故宫主要建筑三大殿。

太和殿是过去帝王坐朝问政的"金銮宝殿"，宝殿现在还金漆煌煌。这座殿地位高旷宏敞，殿基高二丈、壁高十丈、广十一楹、纵深五楹。重檐垂脊，前后有金铜饰门和琐窗。殿脚用三层白石台，围绕三层白石栏杆，每一阶段都排列着几个大炉鼎，殿前还有金铜铸龟、鹤香炉和大缸。广场东西各有一座双层高阁，用六十四间廊庑连接。从建筑工程看来真够得上说是堂皇庄严、气象万千。其他两殿中，中和殿规模略小，保和殿高大可比太和。

保和殿乾清宫门，门前格局小而精美，琉璃八字花墙经过二百多年还如崭新，这里已临近帝王平时起居地方。西厢一列靠墙小房子，五十年前军机大臣就在这里住宿办事，东西六宫是帝后居住的地方。

乾清宫是清初诸帝起居寝殿，乾隆以来多在这里召见奏事大臣。后边交泰殿，屋顶藻井雕刻特别精美。清代帝王在这里举行婚礼，殿后坤宁宫，是婚后暂住的地方。

御花园在故宫最后的地区，五十年前只有帝王一家人在此饮酒喝茶、赏花玩月，现在已成了游人休息的地方。御花园有很多珍奇花木，其中几株阅世多上了年纪的老树木，大都经过明、清两个王朝的兴废。

出御花园后面的神武门，可上景山。从山顶的万春亭鸟瞰北京全城，极目远望，天坛祈年殿和西城大白塔尽收眼底，近处的北海琼岛和整个故宫建筑群，更是历历在目。向后看，在中心轴大道上还有钟楼、鼓楼各一座，从万户人家绿树丛中巍然高耸。

古人说，登高远望，使人心悲。现在登临景山，则只会引起人对大好河山的亲切感，为的是这个伟大都城并不因为古老而衰颓，事实上正在返老还童，永远有青春活力注入，使它越来越美丽，越年轻！

原载《人民画报》一九五七年第一期

英伦牡丹开

白先勇 / 文

> > >

没想到六月在英国竟也是牡丹盛开的季节，伦敦街上的花店里一朵朵国色天香的富贵花，姹紫嫣红，正在恣意绽放，原来牡丹在英国亦能开得如此灿然。六月八日星期天下午青春版《牡丹亭》在伦敦演出最后一场，杨佳玲博士兴冲冲走进花店里，一口气买下五大束粉牡丹，谢幕时献给演员，庆祝《牡丹亭》在英国演出成功。

这次青春版《牡丹亭》赴欧洲巡演，先在英国伦敦演出两轮六场，然后到希腊雅典演出一轮。伦敦首演是作为"时代中国"（China

Now）的一项节目，"时代中国"是有史以来中、英两国最大的一次文化交流，半年间在英国各地举行上百场中国各种表演艺术、电影、画展等，青春版《牡丹亭》被选中在伦敦享有辉煌历史的萨德勒斯·威尔斯（Sadler's Wells）戏院演出两轮，算是"时代中国"的重头戏。这是青春版《牡丹亭》在欧洲第一次亮相，而又是在世界戏剧之都的伦敦登台，意义重大，对这出戏、对我们整体创作人员的制作概念，甚至对昆曲的艺术美学，都是一次国际标准的考验。

其实两年前，二〇〇六年九月，青春版《牡丹亭》赴美国西岸巡回演出，已造成极大轰动效应，在旧金山湾区、洛杉矶等几处加州大学校区公演十二场，每场爆满，观众反应空前热烈，各大报佳评如潮，昆曲首次在美国得到学术界及文化界的认可及推崇，论者认为是自梅兰芳一九三〇年赴美巡演，中国传统戏曲在美国造成最大的一次冲击。美国本来就是一个多元文化的国家，对外来文化比较容易接受，加州尤其与中国文化接触频繁，青春版《牡丹亭》在加州巡演，能引起美国观众如此巨大回响，其实不算太过意外，但这出九个钟头的昆曲大戏越过大西洋登陆英国，这个有六百年历史的古老剧种是否也能感动一向十分自负、眼界甚高的伦敦观众而让他们心悦诚服？六月三日开演以前，说实话，我心中也没有十分的把握。

我有二十年没到伦敦了，这些年伦敦市景变得愈加繁荣，"日不落国"的鼎盛时期，伦敦曾是世界政治权力中心，大英帝国没落了，伦敦却仍旧能够保留住一份皇家气派，自有一番雍容华贵。英国人对他们盎格鲁－撒克逊民族文化传统抱着一种坚定不移的自豪，也难怪，英伦三岛竟然在十九世纪开创出横跨世界的大帝国来，改变近代人类生态的"工业革命"是在英国发生的，现代物理科学之父牛顿是英国人，各行各业，英国历史上的杰出人物数不胜数，但是如果十六世纪"文艺复兴"时期英国没有诞生莎士比亚，英国的文化恐怕要大为减色，英国人文化优越感的气焰也高不起来了。可是莎士比亚是不世出的伟大天才，他的三十多部剧作写透人性、写尽人生，他是英国人的文神，是英国人最引以为傲的一块文化招牌。莎士比亚，这位世界的顶级剧作家，替英国人争足了面子。

英国人一向有看戏的传统，当今的伦敦已经变成世界表演艺术的中心，每天晚上竟有上百场各种表演在大大小小的剧院登台。老字号的"皇家莎剧演出公司"固然不断在上演"莎剧"，这一二十年英国人制作的音乐剧居然引领风骚，《猫》《歌剧魅影》横扫天下，经久不衰，不知赚进多少英镑。英国演艺界，雅俗通吃。在伦敦演戏要出人头地，竞争激烈可知，伦敦的观众好戏看多了，目光自然挑剔，而英国几家大报的剧评，标准更是严苛，据说伦敦观众是凭剧评挑戏看的，所以剧评往往操一出表演的生杀大权。在伦敦，一出戏要演出成功，从宣传到演出，都须步步为营，一点马虎不得。

萨德勒斯·威尔斯剧院成立于十八世纪，其间历经兴衰，十年前又翻新一次，以舞蹈节目取胜，英国国家芭蕾舞团经常在此演出。剧院古雅，地点适中，有一千五百座位，在伦敦算是一家享有盛名的大剧院了。这次剧院参加"时代中国"，选取节目，十分审慎。早在两年前，二〇〇六年青春版《牡丹亭》在加州巡演，最后一站是圣塔芭芭拉，剧院派遣他们的执行长兼艺术总监史柏汀（Alistair Spalding）亲自出马赶到圣塔芭芭拉看青春版《牡丹亭》的中本、下本两场，那次演出效果特别好，观众掌声雷动，史柏汀大概印象深刻，马上决定要把这出戏推到英国去。但这样一出九个钟头的昆曲大戏在伦敦演出两轮六场，票场的风险不是没有的。昆曲对英国观众可以说是一个完全陌生的艺术形式，只有二十多年前上昆到英国演过一出《血手印》，那还因为是改编自莎剧《麦克白》的缘故。连当地华人观众看过昆曲的恐怕也寥寥无几。六场九千张票，最贵一张四十七英镑，要卖光压力相当大。剧院为了宣传青春版《牡丹亭》下了大本钱。二〇〇七年十月北京国家大剧院开幕试演，青春版《牡丹亭》中选，作为第一出昆曲走进大剧院。萨德勒斯·威尔斯剧院邀请英国四大报《金融时报》《卫报》《每日电讯报》以及《都市报》的记者飞到北京看戏采访，四家报纸的记者都做了深入访问，在这次演出前，刊出大幅报道。为了一出中国传统戏曲如此大张旗鼓，在英国恐怕还没有先例。

　　我本人在演出前一个星期已经飞抵伦敦，据我评估，在英国上演昆曲，有两大区块的观众非常重要：英国学术界各大学的师生，还有华侨及中国留学生，这两块区域宣传仍须加强。抵达伦敦后我马上召开了中文媒体新闻发布会，由中国驻英大使馆协办，来了十几家传媒：BBC中文部、凤凰卫视、中央电视台、《星岛日报》、《英中时报》、《欧洲时报》以及中国各大通讯社。这一下大幅新闻报道出去，涵盖了英国甚至整个欧洲的华裔团体，昆曲青春版《牡丹亭》在伦敦首演变成了华人团体的一大"文化事件"。接着我在伦敦大学亚非学院及牛津大学作了两场演讲，介绍昆曲及青春版《牡丹亭》。亚非学院（School of Oriental and African Studies）是英国的学术重镇，有庞大的研究亚洲及中国各领域的师生人员。这次青春版《牡丹亭》在伦敦首演，亚非学院扮演了重要角色。其中关键人物是杨佳玲博士，她是亚非学院艺术考古系的教授。杨佳玲毕业于台大中文系，曾参加台大昆曲社，对昆曲的文化意义有深刻的认识并有使命感，她不惜余力动员亚非学院的师生为青春版《牡丹亭》推广宣传，他们组织成一个"昆曲义工团"，把近二百名亚非学院的教授、学生拉进了萨德勒斯·威尔斯剧院。伦敦其他大学也有师生闻风而来，尤其是伦敦大学另外一所著名学院伦敦政经学院（London School of Economics）来了三十多位教授、学生，远在爱丁堡大学的沈雪曼教授也带了同事、学生到伦敦来看戏。牛津大学的师生当然是我们的重要目标了。我在牛津大学也作了一场演讲并带了演员去做示范。牛津大学是英国高等学府的龙头，这所有七百年历史的学术庙堂在世界上名列前茅，几百年来人文荟萃，雪莱、王尔德、艾略特、奥登这些大诗人、大作家都是牛津人。牛津的"中国研究中心"人才济济，蜚声国际。这次中心的三代掌门人：霍克斯（David Hawkes）、达布奇（Glen Dudbrige），还有现任主任布鲁克（Timothy Brook）在青春版《牡丹亭》首演晚上，从牛津坐火车赶到伦敦联袂出席。霍克斯教授是英国汉学界的巨擘，高龄八十七岁，他的《红楼梦》英译本名满天下，我对他说："您的《红楼梦》译本我在课堂上用了很多年呢。"霍克斯很高兴，笑着说道："《红楼梦》里也有《牡丹亭》啊！"他是指《红楼梦》第二十三回"牡丹亭艳曲警芳心"，林黛玉走过梨香院听到伶人演唱《牡丹亭》那一段。青春版《牡丹亭》原本就应该演给像霍克斯教授这种行家看。

六月三日伦敦首演的晚上，观众除了学术界人士外，英国文化界，如大英博物馆也来了一批人，亚洲艺术部门的总监史都华（Jan Stuart）、中国艺术部门企划主任金斯宝（Mary Ginsberg）等，这些人对中国文化研究多年，有深入了解。音乐界，我把旅居伦敦的著名钢琴家傅聪全家都请了来一连看了三场，傅聪身着唐装，大概是表示他支持这项在英国亮相的中国文化盛宴吧。当晚也有为数不少的中国留学生及华侨，中国驻英大使傅莹也到了，而且事先还下功夫对剧本做了研究，一连也看了三场，她是我见过对待文化最认真的中国官员了。最后总算满了九成座，一、二楼都坐满了，有六七成是英国观众。首演当然最重要，因为当晚有六十多位中英媒体记者列席，几家英国大报的剧评人也到了，他们的反应决定第二轮的票房。

头一晚的重头戏落在女主角杜丽娘身上，几出经典折子戏《惊梦》《寻梦》《写真》都有大段大段的唱腔，尤其是《寻梦》，半个小时的独角戏，而且是空台，有七段曲牌唱腔，对从来没有接触过昆曲的观众的确是一大考验，可是戏一开场，观众马上被吸引住了，英国观众看戏真是认真，我看他们一个个正襟危坐，看得眼睛都不眨一下。到了《惊梦》一折，笛声扬起，缠绵婉转，台上男女主角的水袖翻飞，勾来搭去，把观众的心都勾住了，一折唱完，掌声爆起，我心里想：英国人喜欢这出戏！《寻梦》唱完，中场休息，我去跟霍克斯教授打招呼，"美极了！"他赞叹道，他说的是北京话，字正腔圆。霍克斯四十年代在北大念过书，跟俞平伯学《红楼梦》，他说他喜欢沈丰英的杜丽娘。霍克斯对《牡丹亭》的感受很能代表当晚的英国观众的看法：这出中国昆曲美极了。大英博物馆亚洲艺术总监史都华本来只打算看第一本，看完头一本，她兴奋得忘其所以赶快去买第二本的票。她看得非常仔细，舞美服装的细节一点也没放过，男主角柳梦梅在《言怀》里穿的袍子上绣着竹子，她看出来是象征柳生的君子性格。金斯宝完全被昆曲的舞蹈给迷住了，她认为昆曲的水袖、台步精确、丰富到不可思议。许多不相识的英国观众向我道贺致谢，让他们有机会看到这样美的一出中国昆曲表演。华人观众早已激动得目眶泛红，女孩子哭，男孩子也哭，在异国看到自己国家的文化大放异彩，民族情绪是复杂的。青春版《牡丹亭》在伦敦首演圆满落幕，在热烈的掌声中宣示中国这出昆曲经典正式登上欧洲舞台。首演完毕，当晚在萨德勒斯·威尔斯剧院开了一个庆功酒会，由艺术总监史柏汀致辞：他在美国看过第二本和第三本，很高兴今晚把第一本补起来，他坦承看到《离魂》感动得掉下泪来。史柏汀是剧院的艺术总监，什么好戏都看过了，中国昆曲能让他如此动心，真是难得。英国人的眼泪是不轻易流的，他们以冷静、理性自许，"不流血革命"只有在英国才会发生。是中国昆曲的美及汤显祖《牡丹亭》的至情，把英国人感动得掉泪。

这次青春版《牡丹亭》虽然是受邀到欧洲巡演，但一部分的费用仍须寻找赞助，"趋势科技"再次帮了大忙，文化长陈怡蓁、执行长陈怡桦两姊妹不但亲自到伦敦助阵，而且还把"趋势科技"在欧洲各国的高层职员及家属都邀请到伦敦看戏，这一群从法国、德国、北欧各国来的计算机高科技人员，浩浩荡荡上百人，组成了一团奇特的观众群，这些整日生活在网络虚拟世界的科技人士，突然面临另外一个陌生但也是虚拟的世界，完全中国、完全古典的，这场昆曲的"文化震撼"可不小。但欧洲人无论从事哪一行，都有基本的文化素养，他们看的是第二天中本"人鬼情"，每折变化多端，从杜丽娘鬼魂下冥府《冥判》演到《回生》，戏剧张力十足，这群欧洲人看得兴高采烈。散戏后，"趋势科技"在戏院二楼开了一个盛大酒会，他们流连到半夜，还在谈论不休。昆曲《牡丹亭》把欧洲计算机专家也感动了。

第三天，六月五日，各大报的剧评已经刊出，对青春版《牡丹亭》一边倒地肯定，英国第一大报《泰晤士报》的剧评举足轻重，剧评人唐诺·胡特拉（Donald Hutera）认为昆曲既非西方人认知的"歌剧"，亦不同于京剧，无论你用什么标签来形容《牡丹亭》，他说："本质上这是一堂美极而又奇异的景观，苏州昆剧院的演出如此专注的艺术水平，我看完第一场深感看到这出戏是一种荣幸，而下定决心这个周末要把中本、下本看完。"他称赞沈丰英的杜丽娘演得"高雅精致"，"闺女的一场春梦引人遐思"。最后他说："我没料到会如此感动。是这种台上台下的情感交流以及华丽的服装、闪耀发光的音乐、以回生为主题的剧情使我打算再回到萨德勒斯·威尔斯去经历冥府重返人间。"隔了两天，六月八日《泰晤士报》的星期日文化版又追加了一篇剧评，标题上写道："大伟·道吉尔被中国戏曲的高雅精美所迷倒。"剧评人大伟·道吉尔（David Dougill）对青春版《牡丹亭》一片赞扬：舞美设计、字画布景十分优美，服装或多彩繁复或精美细致。他赞赏男女主角："沈丰英像件精制的艺术品，娇红嫩白，如同一尊细瓷。俞玖林作为她的梦中情人，他的装扮也一样夺目。"他非常欣赏演员们的唱腔，道吉尔大概深谙音乐，对《牡丹亭》的音乐唱腔有一大段评论，他作评时只看到头一本，所以特别称赞沈丰英的《寻梦》里演唱那些"含蓄又富艳情"的诗句，认为是她的"绝活"。道吉尔下评颇内行，《寻梦》的确是《牡丹亭》的一根柱子，也是沈丰英的拿手戏。千万不要低估了西方人欣赏昆曲的能力，那些到北京看过三本青春版《牡丹亭》的英国记者，都推荐中本，而且一致称赞俞玖林的《拾画》，那又是一则三十分钟的独角戏。道吉尔也称赞《牡丹亭》的舞蹈身段"美妙高贵"，水袖动作"干净利落""表情丰富"，他说那些美丽的花神在台上滑过去好像"脚下有轮子似的"，《离魂》收尾简直"壮观"！《泰晤士报》能在一周内连登两篇正面剧评，对青春版《牡丹亭》恐怕是额外礼遇了。

《性感女鬼回生仍是处女身》，《每日电讯报》六月五日这篇剧评的标题颇有噱头，引人注目。剧评人伊丝嫚·布朗（Ismene Brown）认为"今夏中国艺术飨宴的各个节目中，没有比这出三晚连台爱情传奇昆曲《牡丹亭》更'纵情享乐'的了"。她把《牡丹亭》放在莎士比亚爱情喜剧与《睡美人》之间，认为这出戏也有"莎剧"世界里多姿多彩的人物，她跟其他英国剧评人一样，对十六世纪中国的汤显祖写到色情部分大胆露骨而又如此优美充满诗意，不禁为之惊叹。《道现》中石道姑自道石女身世，说来若无其事，讲究体面的英国人大吃一惊，其实莎士比亚的黄笑话也说过不少。伊丝嫚·布朗对整出戏的剧作评价甚高，从舞台、服装、演员都给了高分，她说看这出戏"如同经历一段如此奇异陌生的旅程令人兴奋莫名，然而却发觉自身原来仍在熟悉的人间"。昆曲的艺术形式对英国人是完全陌生的，但《牡丹亭》中的人情、人性却是普世的。昆曲表演规矩严谨，完全程序化，但却偏能将剧中人物喜怒哀乐直接传给观众，这是昆曲美学了不起的地方。其他大报《卫报》同一天也有一篇正面短评。评论世界音乐演奏及歌剧的著名网站"音乐网"（Music Web）剧评人安·奥索莉欧（Anne Ozorio）有一篇长文评论青春版《牡丹亭》，因为她看完了三本才撰文，所以涵盖比较全面。她评得很细也很内行。她十分欣赏青春版《牡丹亭》的极简美学，对于昆曲水袖动作内涵之丰富特别叹服，她举例《旅寄》一折，俞玖林饰演柳梦梅旅途中抵挡风雪演得十分生动，"是用水袖演出来的，水袖表示他身体的一部分同时也表示打在他身上的风雪，这简直是绝活儿一招"。这是行话，水袖的确是昆曲的绝活儿，没有一个戏种的水袖动作能跟昆曲的优雅复杂相比。安·奥索莉欧结论说："昆曲有普世价值，因其能直接诉诸人类感情，只要是心胸开阔的人都能接受它。"

因为剧评与口碑出去了，《牡丹亭》越演越旺，最后一天满座，谢幕时全场一千五百名观众起立喝彩达十几分钟。杨佳玲、沈雪曼带领几位学生簇拥着五束盛开牡丹上台献花给演员，萨德勒斯·威尔斯戏院内一时满院春色。青春版这朵牡丹花在伦敦灿烂地绽放了一轮，让许多英国人为之惊艳。

戏演完了，我非常想了解英国学术界、文化界对中国昆曲以及青春版《牡丹亭》比较深入的看法，杨佳玲替我联络了英国各大学一些教授及大英博物馆的人士，请他们发表感想。他们从各种角度表达了他们对这出戏的反应。伦敦政经学院人类学教授傅其望（Stephen. Feuchtwang）、性别研究中心讲师波索可（Silvia Posocco）对于明代汤显祖在《牡丹亭》里大胆描写女性性心理颇感惊讶，而少女伤春之情令人动容，而汤显祖以一学者写冥府、写人鬼恋，想象丰富。其实汤显祖所处的晚明与莎士比亚"文艺复兴"同期，都是文艺思潮解放的年代。汤显祖对女性心理描写之细微体贴而又前卫破忌，女主角追求爱情，出生入死，勇气十足，就是当今女性主义的拥护者恐怕也会赞赏，这就是为什么《牡丹亭》数百年来一直为女性读者所拥戴，时至今日在大学里广为青年学子热烈喜爱的缘故。牛津大学现任中文系主任布鲁克、亚非学院艺术考古系主任穆尔（Elizabeth Moore）非常欣赏青春版《牡丹亭》舞美服装的视觉效果："视觉之美，令人震撼，字画吊片背景创造出迷人的空间感觉。""抽象写意的舞台设计及舞蹈动作更能凸显五色缤纷苏绣服装的优美。"青春版《牡丹亭》运用中国书法绘画做舞台背景，与昆曲美学融为一体，加强了昆曲的线条美。而王童走淡雅色彩的服装赢得众口皆碑，把剧中人物装扮得美轮美奂。英国人看戏看整体效果，注重舞台艺术。在众多评论中，大英博物馆亚洲部艺术总监史都华女士的讲评最有代表性，也最动真情：

最近《牡丹亭》的演出成就了艺术应有的功能，它引我进入多种不同的领域，观看这出戏经历时空的超越，可以进到一种完全关注爱情如何左右生死的境界。同时整堂制作引人入胜：唱作、服装、舞美达到完美无瑕，创造出一种精致高雅，具永恒之美的中国意象来，这又提醒我为何会终生献身研究中国文明。我对参加制作这出戏的所有人员致最高礼敬，因为看这出戏你绝不会觉得它跟明代首演时有丁点改变——感觉上它完全属于古典，但仔细再思考，显然它已经历过天衣无缝的现代化了，自然合乎二十一世纪观众的胃口，这种聪明巧妙的现代化手法令人大为称羡。如果青春版《牡丹亭》每年来伦敦演出一次，我知道六月时分，都会在那儿！

英国人也可能迷上昆曲的，坐在我身边有位英国观众是高达明学院（Goldaming College）影视传播系主任马汀教授（Roger Martin），他每天坐两个钟头的火车赶来伦敦看戏，一连看两轮六场，最后一场还带了两个中国女学生来，他买票请她们的。

伦敦演毕，剧团转赴希腊，参加著名的雅典艺术节，我没有随团去，返回美国休息，据说青春版《牡丹亭》在雅典也受到希腊观众热烈欢迎。英国是莎士比亚的故乡，雅典是希腊悲剧的诞生地，一时间中国昆曲青春版《牡丹亭》在西方两大戏剧重镇登台，接受最有戏剧鉴赏力的观众的考验，而获得一致的肯定。

青春版《牡丹亭》自二〇〇四年中国台北首演迄今演出一百四十六场，海峡两岸暨港澳，以及美国、欧洲统统巡演过，观众人次达二十多万，我觉得青春版《牡丹亭》这四年来实现了两个目标：

首先是培养了大批年轻观众，青春版《牡丹亭》曾巡回二十多所著名大学，有十万以上大学生曾观赏过这出戏，绝大部分是头一次接触昆曲，让这些青年学子有机会重新认识、发觉中国传统文化之美，对这些正在成长中的年轻人在文化认同上相信会产生长远影响。我认为这是一件重大的文化工程，如果二十一世纪中国可能发生"文艺复兴"运动，这些大学生将是先行者，替他们补文化课是当务之急。

其次是将青春版《牡丹亭》推向国际，让外国观众认识中国昆曲，对中国戏曲甚至中国传统文化有新的评价。二〇〇六年青春版《牡丹亭》美国行在美国学术界已产生影响，加州大学伯克莱校区音乐系及东方语文学系接连两个学期开设昆曲课程，聘请昆曲专家李林德教授讲授。加州大学尔湾校区戏剧系也开设昆曲讲座，请上昆名角华文漪示范，该系主任柯恩（Robert Cohen）在戏剧界颇负盛名，他撰写的大学教科书《剧场》（Theatre）广为美国大学采用，并译成十几国文字。柯恩教授看过青春版《牡丹亭》，十分赞赏，在最新一版《剧场》中特别介绍这出昆曲，并用了三张剧照。加州大学圣地亚哥校区戏剧系教授麦唐娜（Marianne McDonald）看完青春版《牡丹亭》后当众宣布："这是我一生中看过最伟大的一出歌剧。"麦唐娜教授是希腊悲剧专家，著作等身，她对中国一出昆曲给予如此高的评价，十分难得。这次青春版《牡丹亭》在欧洲巡演，相信亦会逐渐发酵产生连锁反应，伦敦大学亚非学院音乐系已经宣布今夏将开设昆曲班，看样子昆曲在欧洲也开始要立足了。

当然，中国昆曲的艺术价值、文化地位应该早有定论，不必等外国人越俎代庖替昆曲定位。但如果联合国教科文组织宣布中国昆曲是"人类口述非物质文化遗产的代表杰作"，欧美的大报剧评对昆曲青春版《牡丹亭》一致赞扬，欧美学术界给予昆曲美学最高礼敬，美国、英国一流大学纷纷开昆曲课教授他们的学生，而我们中国人如果对自己的文化瑰宝仍然无动于衷，不懂珍惜，这只能说明我们这个民族的文化认知、文化意识出了大问题。青春版《牡丹亭》这几年在中国各处巡演的确造成一时的昆曲热，但一出戏的影响毕竟有限，而昆曲断层衰微的危机并未缓解。青春版《牡丹亭》的校园巡回，虽然得到青年学子的热烈反应，但中国学校的行政体系并未及时相应开设昆曲课程，让昆曲在校园扎根，长期培养学生欣赏昆曲的能力，这又牵涉到自"五四"以来，中国教育机构长期有系统地将中国传统戏剧、音乐、艺术排除在正规课程之外的弊病了。这种自我摧残的文化教育政策对整个民族的后遗症值得认真检讨。中国的戏院成千上万，但迄今还没有一间专属昆曲演出的剧院，实在说不过去，没有自己的专属戏院长期演出昆曲剧目，昆剧团难以生存。譬如在昆曲原生地苏州能有一间与苏州园林美学搭调的昆曲剧院，由各昆班全年轮流演出，相信会吸引大量外国及本国的游客观赏。白天游园林，晚上观昆曲，这是一程极高雅的"世界文化遗产"之旅。最后，还是观念问题，保护昆曲就像保护中国古文物，只能考虑其文化意义而不能期望其商业价值，昆曲就像宋朝汝窑瓷一样，是我们这个民族智慧产生最精致的艺术品，是无价之宝，需要全民族来呵护、保存的。

二〇〇八年七月二十四日于美国加州

（发表于《明报月刊》二〇〇八年第九期）

我的文学人生

王蒙 / 文

> > >

"我的文学人生"这个题目,我最喜欢讲"文学与人生",可我最讨厌讲自己。如果我有个帅样子,可能会乐意讲我的人生。尽管如此,还是得稍微讲讲"我的文学人生"。今年恰巧是我虚龄八十岁和写作六十周年纪念。一九五三年,我开始动笔写《青春万岁》。今年,人民文学出版社准备出版我的文集,共四十五卷,一千七百万字。这并不是全集,不包括书信、日记和我写的大量历次政治运动检讨。四十五卷书约莫四十公斤重,出版社打算为这箱书安装轮子和拉杆。我最高兴的是已看到七十万字长篇小说

《这边风景》的样书，这部小说取材自新疆生活，写于一九七四至一九七八年，基于"文革"复杂的意识形态，一直没有出版。这次出版，挺有意思。

总结八十年人生，我油然想起一九九一年在首都剧院看吉林话剧团演出《田野上》。这部话剧描述改革开放初期东北农村有三个长寿老人，一个记者前来访问。老人表示他们长寿的诀窍是，按毛主席的指示，忙时吃干，闲时吃稀，不忙不闲时吃半干半稀。我查过《毛主席语录》，他还真说过这话，只差没说"不忙不闲时吃半干半稀"，可见文学可以幽默，可以伪造圣谕。"忙时吃干，闲时吃稀，不忙不闲时吃半干半稀"——这句话多么通俗生动，这恰好概括我的人生。不太走运时，吃稀维持生命，这样对身体也有好处。人类面对的问题，说多么复杂就有多么复杂，说多么简单也有多么简单。人类无非面对两个问题：第一，吃不饱的话，会引发暴动、抢劫等；第二，吃过多的话，就感到空虚，去吸毒或争权夺利。我还想起老舍话剧《茶馆》里的王掌柜说，年轻时牙齿好却没有花生米吃，年纪大了牙齿都掉了才有花生米。这就是人生的不满足，在盛年之时，空有满腔热情和征服欲，却要钱没钱，要房子没房子，要媳妇没媳妇，要地位没地位，等到一切都有了，却到了要准备后事的时候，而且确实没有牙齿了。所以我觉得王掌柜的话也是对人生很好的总结。

文学之有用和无用

文学——说没用还真没用，说有用也真有用。文学可以让你在有牙齿却没有花生米的时候虚幻地补充一点花生米，例如看看《花生米的滋味》一文，可以画饼充饥，带来快乐。到了没有牙的时候，可以透过文学回味有牙齿的滋味。文学的好处不止于此，文学还能改变命运、改变性格、改变形象、改变身份。《红楼梦》中的贾宝玉和薛蟠，其实他们的脾气和处境都很相像，都是公子哥儿，都挺直率，都爱美女。薛蟠并不搞阴谋诡计，只不过暴力倾向大一点，贾宝玉也不是没有暴力倾向，茗烟闹书房时贾宝玉也是大打出手。为什么贾宝玉给人的印象比薛蟠好得多？因为贾宝玉有文学修养，能写高雅的诗，而薛蟠行酒令时说什么"女儿悲，嫁了个男人是乌龟。女儿愁，绣房蹿出个大马猴……"薛蟠恶搞，格调低。贾宝玉能诗，格调高，不管他有没有沾文学的光，不管薛蟠是不是吃了没有文学的亏，最吃没有文化亏是阿Q。

阿Q革命不成功，我一点不感到遗憾，但他爱情失败，我为之痛心疾首。阿Q和小寡妇，我怎么看，就觉得怎么合适，但阿Q没有文学修养，他对吴妈说"我要和你困觉"，这就成了性骚扰。如果阿Q对吴妈说："我是天空里的一片云，偶尔投影在你的波心。你不必讶异，更无须欢喜，在转瞬间消灭了踪影。你我相逢在黑夜的海上，你有你的，我有我的，方向；你记得也好，最好你忘掉，在这交会时互放的光亮！"如果阿Q来这么一段的话，那么吴妈就可以唱《月亮代表我的心》，那么他们就有非常美好的人生和爱情。

专门写作的人很少，而且都没有大出息，真正有大出息的人不写作。扬州有一副名联"自古文人多耽酒，从来英雄不读书"。尽管这样，读书就是好，因为人是语言的动物，人的思维和表达离不开语言。

政治家需要文学语言

你的事业越大，成就越高，影响就越大，你说的每句话就很重要。而有没有文学修养，所讲的话高下立见。比如毛泽东和苏联干，来一句"无可奈何花落去，似曾相识燕归来"，这一说，传递了宿命性、历史性。林彪跑了，问题更严重了，毛主席说"天要下雨，娘要嫁人，鸟要飞"，现在有电视剧取名《娘要嫁人》，这句话出自毛主席的文学语言。毛泽东更厉害的是借用杜牧诗句"折戟沉沙铁未销"说林彪的事，林彪的坠机沉到温都尔汗沙漠上了。

从一九七一至一九七二年，我在"五七干校"时读了美国汉学家费正清博士的《美国与中国》，这时候该书作为反面教材发给大家看。费正清认为中国科学不发达是因为逻辑不发达，像《大学》里说"古之欲明明德于天下者，先治其国，欲治其国者，先齐其家；

欲齐其家者，先修其身；欲修其身者，先正其心；欲正其心者，先诚其意；欲诚其意者，先致其知；致知在格物。物格而后知至，知至而后意诚；意诚而后心正，心正而后身修；身修而后家齐，家齐而后国治，国治而后天下平"，这是不合逻辑的，是文学的说法。可费正清不该嘲笑中国没有逻辑，奥巴马二〇〇八年竞选总统时也是这样说的：

"One voice can change a room,and if one voice can change a room,then it can change a city,and if it can change a city,it can change a state,and if it change a state,it can change a nation,and if it can change a nation,it can change the world. Your voice can change the world."

美国国防部前部长拉姆斯菲尔德（Donald Rumsfield）于二〇〇二年二月十二日记者会上回答记者关于伊拉克是否拥有大规模杀伤性武器的问题时，用文学的语言巧妙回答："我们有时知道我们所知道的，我们有时也知道我们所不知道的，我们有时不知道我们所不知道的，就是不知道所不知道的。"（There are known knowns; there are things we know we know. We also know there are known unknowns; that is to say we know there are some things we do not know. But there are also unknown unknowns–the ones we do not know we do not know.）这种绕口令《老子·七十二章》也有："知不知，尚矣；不知知，病也。圣人不病，以其病病。夫唯病病，是以不病。"

屡战屡败和风趣幽默

文学对政治家和军事家而言都非常重要。曾国藩和太平军打仗，拟写奏折时，本来写作"屡战屡败"，他底下一个幕府说不能这么呈报，于是改成"臣屡败屡战"，于是朝廷嘉许，如果是"屡战屡败"，可能招致杀身之祸。我的文学人生还有一个课题——屡败屡胜，这我可不告诉你们，如果告诉你们的话就不必看我的书了。

还有一个文学和人生的关系是，文学使人们，尤其使男性变得有趣一些，不管有没有成就，男性一定要有点趣味，要不，谁跟他拍拖可就太吃亏了。和一个穷的男人可以拍拖，和一个年纪比自己大很多的男人也可以拍拖，但不负责任、无趣的男人则不必理他。喜欢文学的人，可以增加一点趣味。有一点趣味，则可以取得女性的芳心。

（发表于《明报月刊》二〇一三年第六期）

谈武侠小说

金庸 / 文

> > >

　　各位今天的热烈欢迎，我很感动，这不是因为我有什么学问、有什么所长，而是因为大家喜欢我的小说。（众人鼓掌）

　　先谈一下武侠小说这个"侠"字的传统。在《史记》中已讲到侠的观念。中国封建王朝对侠有限制，因为侠本身有很大反叛性，使用武力来违犯封建王朝的法律。《韩非子》中说"儒以文乱法，侠以武犯禁"，就是站在统治者的立场表达了这个观点。我以为侠的定义可以说是"奋不顾身，拔刀相助"这八个字，侠士主持正义，打抱不平。历代政府对侠士都要镇压。汉武帝时很多大侠被杀，甚至满门被杀光。封建统治者对不遵守法律、主持正义的人很痛恨。但一般平民对这种行为很佩服，所以中国文学传统中歌颂侠客的诗篇文字很多，唐朝李白的诗歌中就有写侠客的。

武侠小说的三个传统

中国武侠故事大致有两个来源，一个来源是唐人传奇。唐人传奇主要有三种：一种讲武侠，一种讲爱情，还有一种讲神怪妖异。

另一个来源是宋人的话本。宋朝流行说书讲故事，内容大致可分为六种，包括讲历史、佛教故事、神怪、爱情故事、公案（侦探故事），还有一种就是武侠故事，都很受欢迎。

概括来说，中国武侠小说有三个传统：一、诗歌；二、唐人小说；三、宋人话本。唐朝读书人考进士，事先要做些宣传公关工作，希望考试官先有点好印象。枯燥的诗文不能引起兴趣，于是往往写了传奇小说进呈考试官，文辞华丽，有诗有文，而故事性丰富。当时传奇的作用大致在此，因此唐人传奇是"雅"的文学。

宋人话本则是平民的，街头巷尾说书的场合讲的故事，有人记录下来，是"俗"的文学。唐人传奇是文人雅士的作品，文字很美，而宋人话本是平民作品，文字不考究，但故事讲得很生动活泼。

后来发展至明代四大小说，《三国演义》讲历史，《西游记》讲神怪，《金瓶梅》讲社会人情（到清朝更是发展为重视爱情的《红楼梦》），《水浒传》就是武侠故事了。这个传统曾有中断，鲁迅先生讲中国小说历史时曾说：侠义小说到清代又兴旺起来了，"接宋朝话本正统血脉"，平民文学经历七百年又兴旺起来。

中国武侠小说历史很长，在中国文学中有长期传统。

中外武侠故事的异同

武侠故事也不是中国才有，在外国也有，当然表现方式不同。最早有武侠意味的是希腊的史诗，与我们的武侠小说有很多相通的地方。（金庸先生接着讲了一些西方文学中武侠故事的梗概，讲到希腊史诗《伊里亚特》中英雄亚契力斯拒绝出战，好友被杀，为友复仇而与对方大英雄赫克托环城大战；《奥德赛》中英雄尤里赛斯漫游后归家，力歼滋扰他妻子的众多敌人；讲到英语中最早史诗《布奥华特》中主角协助丹麦国王而与毒龙母子海陆大战的精彩描写；等等。）东西方讲故事手法都很紧凑，很好看，但结局就有很大不同。莎士比亚的《罗密欧与朱丽叶》是以悲剧收场，但中国写这些故事，纵然家族有仇，最后男女青年恋爱结婚，家族仇怨化解。例如近代一部著名武侠小说《十二金钱镖》就是这样。中国的武侠故事主要以散文来讲述，西方则用诗歌形式，如法国的《罗兰之歌》。西方直到后期才用散文。（金庸接着聊到英国的《亚瑟王之死》、西班牙的《西特》，以及更后期的法国的大仲马、梅里美，英国的史各特、金斯莱、李登·布华、史蒂文孙等。）

武侠故事是所有民族都有的，东西方文明传统都有，不过因民族性不同，其主旨也不同。西方的骑士为统治者服务，对皇帝、教会和主人忠心。而中国的这一类作品，代表一种反叛的平民思想，跟当代的政府对抗。后来中国武侠小说也分支了，有一种为政府服务，也有一种是反抗政府的。但中国武侠小说基本思想都不是反对皇帝和政府的，例如《水浒传》就反对贪官污吏、反对为非作歹的官僚，而不是反对法律和反对政府的正统管治。中国人其实一般是尊重法律制度的。贪官污吏、土豪恶霸欺压良民，侠士认为连"王法都没有了"，就要挺身而出，打抱不平。

中国传统文化与小说创作

为什么现在的武侠小说相当受欢迎？这里很多同学、老师都看武侠小说。很多年轻女读者不见得对武打感兴趣。有时在外国，有人介绍这位查先生是写中国"功夫小说"的，我就不大喜欢。我这些小说主要不是讲功夫的，而是有其他内容在内。不过外国人不太懂。中国人就会了解，打斗是武侠小说的重要组成部分，中国过去称之为"侠义小说"。孟子所说的"义"，是指正当合理的行为。"侠义小说"的"义"，强调团结和谐的关系，这也是中国固有的道德观念。

中国的传统小说最近一段时期日渐式微，很少有人用中国传统古典方式写小说，现在的小说大多数是欧化的形式。我曾在英国爱丁堡大学演讲，其中一个主题就是，中国古典传统小说至近代差不多没有了。近代有些小说写得很好，内容和表现方式都非常好，但实际与中国传统小说不同。不是说西方形式不好，但我们至少也应保留一部分中国的传统风格。我希望将来与北大中国传统文化研究中心多发生些关系。我觉得中国传统文化有很优秀的部分，不能由它就此消失。我们可以学习吸收外国好的东西，但不可以全部欧化。（金庸接着讲述中国当代的戏剧、绘画、音乐、舞蹈、建筑、雕塑中如何仍保持明显的民族风格，而小说则与传统形式有重大距离。）

我想，武侠小说比较能受人喜欢，不是因为打斗、情节曲折离奇，而主要是因为中国传统形式。同时也表达了中国文化、中国社会、中国人的思想、人情风俗、道德与是非观念。

我们在小说形式上是否可做探讨，在以欧化的小说形式作为目前的主流以外，另一个分支，除武侠小说外，也可以用传统方式写爱情故事、写现实的故事。事实上过去有些创作也很成功，像赵树理的《李有才板话》，像老舍、沈从文、曹禺作品的文字和对话，像《新儿女英雄传》。当代有些小说也有中国传统形式和内容，都很受读者欢迎。

我的小说翻译成东方文字，如朝鲜文、马来文、越南文或泰文都相当受欢迎，但翻译成西方文字就不是很成功，因为西方人不易了解东方人的思想、情感、生活。

在目前东西方两种文化内容还不是可以完全调和之下，希望我们中国人继承和发展自己的文化艺术传统，同时也不排斥西方文化艺术中的优良部分。（众人热烈鼓掌）

答北大同学问

问：您作品中的主人翁都重义气，您是否认为生活中义气最重要？

答：道德观念，包括为人处世是多方面的，"义"是其中的一部分。所谓义，孟子说是合理的、适宜之意。侠义小说特别强调"义"，因为江湖上流浪的人没有家庭支持，经济上没有固定的生活来源，所谓"在家靠父母，出外靠朋友"，主要的支持就是朋友。对付其他集团的欺压、对付政府的贪官污吏的压迫，就是要团结一批朋友来反抗。要团结人，一定要注重"义"，互相扶持，为一个共同目标努力，甚至牺牲性命。所以在侠义小说中，"义"被提高到很重要的地位。在中国传统道德中，"义"也一直是很重要的，这也是我们中华民族之所以能够不断壮大发展的重要力量。

问：您作品中的主人翁常受到很多女性的倾心爱慕，请问您对

爱情专一问题有何看法？（众人笑）

答：相信这问题是很多青年朋友关心的。我的小说描写古代社会，古代没规定要一夫一妻，所以韦小宝有七个老婆（众人笑）。有些年轻女读者，甚至我的太太就不大喜欢《鹿鼎记》。但其实清代康熙时一个大官有六七个老婆一点也不稀奇嘛！假如只有一个老婆反而不现实。现在武侠小说有很多现代思想加进去，所以，我的小说中，除了韦小宝以外，每个英雄都是一个太太的（众人笑，鼓掌）。就像杨过，很多女孩子喜欢他，但他仍是专心不贰的，这是一种理想，是否做得到不知道，总之觉得应该这样。就像《笑傲江湖》，我写令狐冲本来很喜欢小师妹，但他的小师妹不喜欢他，这有什么办法，小师妹嫁人了，后来死了，他才跟另外一个女子结婚。我希望，也很鼓励别人从一而终。（众人鼓掌）

问：司马迁歌颂的侠士，在后世小说《七侠五义》中为什么变成政府的打手？

答：我也同意。每个时代有变迁，假如侠客成为政府的打手就不是"侠"了。侠士应当主持正义、帮助不幸的人。不过这些小说也力求自圆其说，做政府打手也常是主持正义的，如《七侠五义》《施公案》《彭公案》，反对土豪恶霸、贪官污吏，也是正义，但另一部分则未必。

问：《神雕侠侣》主人翁的命运安排是否刻意追求悲剧，您怎样看小说的悲剧？

答：我写小说是在报上连载，每天写一段一千字，翌日发表，甚至到外国旅行也要写好寄回来。开始时只写大致几个人物，然后慢慢发展，根据人物个性自然发展，有些是喜剧收场，有些是悲剧收场，其中还是大团圆结局较多。悲剧并非故意安排，而是跟随个性发展。

问：日月神教教主这个人物是怎样构思的，是否有生活原型？（众人笑，鼓掌）

答：坦白说，因为写这部小说时中国正在"文革"，我个人很反对"文革"的个人崇拜，很反对用暴力迫害正派人。那时我在香港办报，报纸的报道和评论，都是反对当时"四人帮"的统治思想和无聊的个人崇拜。那时我每天要写一段社评和一段小说，写时不知不觉受影响。（众人鼓掌）

问：您笔下的英雄是否有自己的心声在其中？

答：我书中的英雄有很多不同类型，自己不可能化身那么多，只希望尽量做不同的人，不要重复。不过若说下笔时完全放开自己的个性与想法也是不可能的，不知不觉间可能反映一部分。并非说我自己有那么好，只是一种希望的寄托。比如对郭靖、乔峰的为人很佩服；令狐冲很潇洒，段誉很随和，我自己做不到，但想能够这样就好了，把理想反映在书中。

问：小说中写的民族心理是否与文化有关？

答：前天我在这里讲了一点我对中国历史的看法。我认为对历史上的"异族统治"应当换一种看法。汉族和其他少数民族都是中华民族的一部分。汉族是多数派，大多数时候主持中央政府，统治少数派。有时多数派腐化了，少数派起来执政，并非中国就此"沦亡"。只能说中华民族中的许多民族调换"坐庄"，过几百年换一个民族来主持大局。最后几个民族融合在一起。这个想法我早就有，所以在我的第一部小说《书剑恩仇录》中，陈家洛的两个爱人都是回族。最后一部《鹿鼎记》，韦小宝他到底是什么族也不知道（众人笑），他的妈妈交往的男人很多，汉、满、蒙、回、藏都有。此外中间有几部小说，如《白马啸西风》，汉族女子爱上哈萨克族男人。又像《天龙八部》的主角乔峰是契丹人，爱他的少女是汉人。我觉得民族关系无论在历史或小说中，都应是各民族团结融合的。

问：您为什么不再写武侠小说了？

答：什么事情总有个终点，不能老写下去。武侠小说我已写够了，想要表达的已差不多了。至于是否写历史小说，现在很难说，如果精力够，写一部也很好。

问：中国大陆有许多冒名的金庸小说？

答：社会上有人冒用金庸的名字出版小说，这个我是没办法了（众人笑）。有一位叫"全庸"（众人笑），还有一位叫"金庸巨"，后面加一个"作"字，连起来就是"金庸巨作"（众人大笑），这位先生很聪明。直到在三联书店经我正式授权，几年前天津百花文艺出版社为我出版过一套《书剑恩仇录》，那是正式授权而付版税的，此外市面上所有都是翻版。我也不是很生气，能多一些中国大陆读者看到，我也很高兴的，当然我收不到版税就不是很高兴。

问：武侠小说前景怎样？

答：这个现在很难说。中国香港和台湾本来有很多人写，现在几乎没有什么人写了。将来希望中国大陆一些好的作家愿意花时间写武侠小说，将来有好的作品。但武侠小说要有历史背景，如果有些年轻人对中国古代社会生活不熟悉，写起来会比较困难。

问：《雪山飞狐》最后结果怎样？

答：这个我就不能讲了！（众人笑）要请各位自己想象，写出解答就不好了。有个读者写信给我说，他为了这个问题常失眠睡不着（众人笑），我想对不起了，不过这也可使他印象比较深刻一点（众人笑）。

问：您最喜欢自己哪一部作品？

答：真的说不出最喜欢哪一部。写的时候都很投入，写好之后好像自己的儿女一样，有的水平高一点，有的水平差一点，实际上分不出对哪部特别喜欢。我想各位同学看了很多小说，每个人喜欢的也有不同。幸亏不同比较好，所谓青菜萝卜，各有所爱，如果所有女同学都喜欢同一个男人，那就糟糕了（众人笑）。

问：《笑傲江湖》要表达的意图是什么？

答：《笑傲江湖》是想表达一种冲淡、不太注重争权夺利的人生观，对权力斗争有点厌恶的想法。中国自古以来的知识分子、士大夫、大师有这种想法，结果多数未必做得到。大家努力考试做官，想升官发财，但作特写文章时总会表达一种冲淡的意境，说要做隐士，这也是中国文化传统的一种。要放弃名利、权力是很难的事。《笑傲江湖》就是表达这种传统思想的。

问：您的小说中有些怪人，像嵇康、阮籍，是否受魏晋风流影响？

答：我想是有影响的。魏晋风流受道家、佛家影响。武侠小说常描写很飘逸、不守常规的人。武侠小说喜欢写这些人物。

问：北师大（北京师范大学）有几位教授学者在评论当代文学作品中把您的名字排得很高。您有什么看法？

答：我见到报上的消息，第一个反应是"无论如何不敢当，这几位先生也太抬举我了"。觉得不可以这样排。他们也可能从另一种角度，从读者人数比较多来考虑。另一方面，我是当代人，比较了解当代人的心理，有些很出名的小说家已过世，作品虽好，受时代影响，现在看的人比较少。我并不妄自菲薄，轻视武侠小说，但也从来不敢骄傲，对前辈和同时代的作家，我一向都是很尊重的。再者，北师大这几位先生可能也不是真的"排名"，只不过顺便列举。对于艺术的评价，向来总是有主观和个人喜爱的成分。

问：《侠客行》的主人翁完全没有知识，但能领悟绝顶武功，他不识字，天性很蠢，无欲无求，我们在这里念书念得再用功又怎么样？（众人笑）

答：不要紧张，你又不学武，学文学的就要用功念书了（众人笑）。我写《侠客行》，是佛教思想中有一种想法：世俗的学问对领悟最高境界可能有妨碍。中国禅宗参禅的目的就是力图摆脱现成的观念，尤其是逻辑和名词的观念。佛家理论说，摒弃世俗的观念，有可能领悟更高一层绝对的观念。当然，我们追求实际的社会知识学问，跟《侠客行》完全不同。假如你不识字，那北大绝对不会收你了。（众人笑）

问：会再写新的武侠小说吗？

答：新的武侠小说我不想写了，或会想写历史小说。我刚正式从报纸退休，有两条路：第一条路是在大学里混混（众人笑），我很喜欢和年轻人交朋友，大家聊聊天，像今天这样的情况当然很高兴。我年纪不小了，但仍觉得增加知识是最愉快的事情，如果能在高等学府里多待些时间也很好。第二条路是再写一两部小说。写小说很辛苦，但我对历史有些看法，也想表达出来，如能安静下来写一两部历史小说也是可能的。

问：乔峰只能是悲剧？

答：这是没办法的，天生的。他一开始生为契丹人（契丹是当时中国北方很大的国家，很多外国人不知道中国，只知道契丹。中国香港的"国泰航空公司"，Cathay就是契丹，就是"契丹航空公司"），那时契丹与汉人的斗争很激烈，宋国与辽国生死之战，民族之间的矛盾冲突这样厉害，他不死是很难的，不死就没有更好的结局了。

近代小说写悲剧是从人性自然发展出来。西方的希腊悲剧则是人与天神发生关系，发生悲剧因为天神注定如此，与现代观念不同。

问：听说《天龙八部》有部分是倪匡先生代写的？

答：因为当时我要出门旅行一个多月，我请好友倪匡先生代笔，写一个单独的故事，当时说明我将来出书时要删掉的，他也同意，所以报上连载时有一段是他写的。印成书籍时，就没有他代写的那部分了。

问：您小说中的人物是不是理想人物的塑造？

答：有一部分主角是理想的，但有一部分主角就不是理想的，而是比较现实的。例如写韦小宝，不是作为人生的理想或中国人的理想（众人笑），而是写出中国社会中有这样的一种典型，尤其是在清朝，那时社会制度不是很合理的时候，一个人要飞黄腾达，就要有韦小宝作风。

中国人移民海外，大多数人有不同的困难，后来安身立业，发展事业。像韦小宝这种中国人到海外去，是有很多的，并不一定道德很高尚，但爱朋友，适应环境的能力就很强。（众人鼓掌）

问：您认为林平之（《笑傲江湖》中一角）性格如何？

答：林平之的仇恨心很强，从小因别人杀了他全家，按中国武侠小说的规范，他要报仇也是应该的。但把整个人生全部集中在仇恨中，我觉得不值得。这不是中国人的一般性格。中国人在适当的时候可以化解仇恨。

问：您对古龙、柳残阳的小说的看法怎样？

答：古龙的小说没有明确的历史背景，他用一种欧化的、现代人的想法来表达一种武侠世界，另走一条路，他的小说有几部也写得很好。柳残阳的小说比较简单，打得很激烈，看起来很过瘾，但不免太单调了。古龙的小说较有深度，范围比较广，想法很新，他是我相当熟的朋友，现已过世。他的个性中有一个缺点是不太能坚持，大部分小说写了一半，就不写了，由别人代写，所以水准不齐，假如是他自己写完了的，当然水准高得多。

问：您的作品有没有真实的事迹作为蓝本？

答：除了正式的历史事实外，小说的故事全部是虚构的，没有以哪件真事为蓝本。《连城诀》有一点真实内容，但只是很小部分。

问：您的作品拍成很多电影或电视连续剧，您对作品改编的看法？

答：假如编导先生觉得小说故事太长了，删改没问题，但希望不要加进很多东西（众人笑）。只要不加我就满足了。

问：《天龙八部》的思想主题是什么？

答：《天龙八部》部分表达了佛家的哲学思想，就是人生大多数是不幸的。佛家对人生比较悲观，人生都要受苦，不管活得怎样好，最后总要死，当然没办法。佛家思想讲人生真谛有深刻的理解。

《天龙八部》表达一部分佛家思想：人生有很多痛苦，无可避免，但从另一个角度来看，遇到悲伤时要能平心静气地化解。对于世上的名利、权力不要太过执着，对于人世间的种种不幸要持一种同情、慈悲、与人为善的态度。佛家哲学的精义不是悲观消极，而是要勉为好人，尽量减少不太好的欲望。

问：您的小说搬上银幕后表现方式大大不同？

答：我也觉得不太满意。不过拍电影、电视也很难，恐怕所有改编小说都会遇到这样的困难。我只希望他们改得比较少一点就是了。

问：中国小说和文笔的关系怎样？

答：中国有许多作家文字精练，如老舍先生、沈从文先生。但现代有些作家不是很注重文字，好多人的文笔有点公式化，都差不多，看不出风格，写作方式很欧化，结构是西方文法，没有中国传统的写作方式。我认为中国的传统文体、美的文字，一定要保留发展。有些作品我们看了一遍又一遍，如《红楼梦》《水浒传》，并非看故事，而是看文章，与作品文字好不好有关。假如写小说只讲故事、讲思想、讲主题，而文字不美，假如中国精练独特的优美文笔风格渐渐不为人重视了，那是很可惜的。当然我绝不是说我的文笔好，而是说希望努力从中国的文学宝库中吸取营养。

问：您对王朔的作品看法如何？

答：王朔先生的文字口语化，语句俏皮，纯粹是中国式的，读起来兴味很高。并非我都同意他的意见，而是说他表达的方式能受人欢迎。陈忠实先生的《白鹿原》、邓友梅先生的《鼻烟壶》，还有最近有一部《中国最后一个匈奴》，以及《曾国藩》《李鸿章》

等历史小说，表达方式都相当中国化，读者容易接受。

问：《笑傲江湖》的时代背景是不是在明朝正德至崇祯年间？

答：大致是明朝吧，没有具体时代背景。因为我想这种权力斗争、奸诈狡猾，互相争夺权位的事情，在每朝每代都会发生。如果有特定的时代背景，反而没有普遍性了。这位同学估计是在明朝正德至崇祯年间，我想他很有历史知识，大致差不多。

问：您最偏爱哪一个女性？

答：我尽可能写各种各样人物，有些女性很坏的也写，像《天龙八部》的马夫人（众人笑）。有些女性很会下毒，那肯定很危险的（众人笑），也有会下毒而人很好的，像《飞狐外传》的程灵素。至于问我喜欢哪个，真的很难说，我看每个人喜欢的也不同。我希望把这些女性写得可爱些，你看了会觉得有这样一个女朋友挺不错、挺幸福。（众人鼓掌）

问：武侠小说可否不以封建社会为背景？

答：我想可以的，以现代为背景。"侠"主要是愿意牺牲自己、帮助别人，这是侠的行为。侠不一定是武侠，文人也有侠气的。李白《侠客行》写的都是不会武功的，但有侠气，所以其他社会背景也可以写侠，也可以另走一条路。有这种品格的人，不一定会武功的，而且在现代，武功也没什么用了。

问：《天龙八部》的三个主人翁段誉、乔峰、虚竹的性格有何不同？

答：他们代表不同个性。段誉虽然是大理人，不算是汉人，但也有中国文化传统，人很温和文雅，脾气很好，很容易交到朋友；乔峰有阳刚的一面，都是中国文化传统中很好的品格；虚竹是出家人，个性与汉族文化有点距离，很固执，宗教思想很浓。

问：请谈一下小说中的一夫多妻制和一夫一妻制。

答：一夫多妻制是历史性的，所有民族都是从一夫多妻制演化过来的。更早的母系社会是一妻多夫，慢慢再一步步发展。我们写武侠小说、写古代社会，但尽可能写爱情专一，相信读者也希望看到爱情专一的故事。中国古代文学中也有写爱情专一而十分感人的作品，如诗歌《华山畿》《孔雀东南飞》，等等。

问：您小说中有很多的中国历史知识，哪里得来的？（笑）

答：我没有能在北大历史系念书很是遗憾，不过我一向喜欢读历史书，慢慢地学到一些历史知识。

问：武侠小说在您生命中的比重大不大？

答：实际上最初比重不大，我主要的工作是办报纸，但是现在比重越来越大。现在报纸不办了，但是小说读者好像越来越多，在中国大陆、香港、台湾地区，以及欧美的中国人当中，小说读者都很多，这是无心插柳了。我本来写小说是为报纸服务，希望报纸成功。现在报纸的事业好像容易过去，而小说的影响时间比较长，很高兴有这样的一个成果。

（听众长时间鼓掌）

（演讲会由北京大学副校长郝斌教授主持。萧蔚云教授首先介绍查良镛先生的生平，特别强调他对起草《香港基本法》的贡献，并诵读及解释查先生在本刊发表的一首诗，语句充满感情。查先生预定的演讲时间已过，而台下同学们仍纷纷提问，郝副校长只得宣布演讲会结束，希望"查教授"以后时时到北大来和同学们聚会。）

本文发表前曾经查良镛先生补订

Chapter 2

成长，是时光赐予最珍贵的礼物

水，
是沛然莫之能御的至柔且又至刚的大能量。
泽，
却是鸢飞鱼跃，擎花贮月的心灵至美依归。

古典文学研究在现代中国

钱锺书 / 文

> > >

　　我是中国古典文学的研究者。假如我说现代中国文化生活的一个重要方面就是对本国古典文学的兴趣，也许并非出于我职业偏见的夸大之词。前些时候，外国驻北京的记者报道书店前排着长队购买新编《唐诗选》的情形，正是一个生动的例证。据说这些排队的顾客同时购买重印的莎士比亚译本，这表示我们的兴趣还包括外国的古典文学。近代一位意大利哲学家有句名言："在真正意义上，一切历史都是现代史。"古典诚然是过去的东西，但是我们的兴趣和研究是现代的，不但承认过去东西的存在并且认识到过去东西里的现实意义。

我不准备向你们列举一些学者的姓名和学术著作的标题。时间和场合都不容许我那样做。我只能简单地讲个大略。大略必然意味着忽略，一个徒步旅行者能看到花木、溪山、人物、房屋等等，坐在飞机里的人不得不放弃这些眼福，他只希望大体上对地貌没有看错，就算好了。

在现代中国，文学研究的主要倾向是应用马克思主义来分析、评价个别作家、作品和探讨总体文学史的发展。当然主要的倾向不等于唯一的倾向，非马克思主义的、传统方式的文学研究同时存在，形式主义的分析、印象主义的欣赏、有关作者和作品的纯粹考订等都继续产生成果，但是都没有代表性。马克思主义的应用，发生了深刻的变革，我只讲我认为最可注意的两点：

第一点是"对实证主义的造反"，请容许我借西方文评史家的用语来说。大家知道威来克的那篇文章《近来欧洲的文学研究中对实证主义的造反》，他讲第一次世界大战以后，欧洲的文学研究被实证主义所统治，所谓"实证主义"就是烦琐无谓的考据、盲目的材料崇拜。在新中国成立前，清代"朴学"的尚未削减的权威，配合了新从欧美进口的这种实证主义的声势，本地传统和外来风气一见如故、相得益彰，使文学研究和考据几乎成为同义名词，使考据和"科学方法"几乎成为同义名词。

那时候，只有对作者事迹、作品版本的考订，以及通过考订对作品本身的索引，才算是严肃的"科学的"文学研究。一切文学批评只是"辞章之学"，说不上"研究"的。一九五四年关于"《红楼梦》研究"的大辩论的一个作用，就是对过去古典文学研究里的实证主义的宣战。反对实证主义并非否定事实和证据，反对"考据癖"并非否定考据，正如你们的成语所说：歪用不能消除正用。

文学研究是一门严密的学问，在掌握资料时需要精细的考据，但是这种考据不是文学研究的最终目标，不能让它喧宾夺主，代替对作家和作品的阐明、分析和评价。经过那次大辩论后，考据在文学研究里占有了它应得的位置，自觉的、有思想性的考据逐渐增加，而自我放任的无关宏旨的考据逐渐减少。譬如新中国成立前有位大学者在讨论白居易的《长恨歌》时，花费博学和细心来解答"杨贵妃入宫时是不是处女？"的问题——一个比"济慈喝什么稀饭？""普希金抽不抽烟？"等西方研究的话柄更无谓的问题。今天很难设想这一类问题的解答再会被认为是严肃的文学研究。

现在中国古典文学研究里的考据并不减退严谨性，只是增添了思想性。可以说不但在专门研究里，而且在一般阅读里，对资料准确性的重视，达到了空前的高度。

有一个很现成的例证。古典小说和戏剧的通俗版本，无论是《西游记》《牡丹亭》或《官场现形记》，都经过校勘，甚至附有注解，对大众读物的普及本这样郑重看待，是中国出版史上没有先例的。又如最近出版的《二十四史》——其中有六七种可说是叙事文学的大经典——也是校勘学的巨大成就，从此我们的"正史"有较可信赖的本子了。

第二点是中国古典文学研究者认真研究理论。在过去，中国的西洋文学研究者都还多少研究一些一般性的文学理论和艺术原理，研究中国文学的人几乎是什么理论都不管的。他们或忙于寻章摘句的评点，或从事追究来历、典故的笺注，再不然就去搜罗逸事掌故，态度最"科学"的是埋头在上述的实证主义的考据里，他们不觉得有文艺理论的需要。虽然他们没有像贝尔凯说的："让诗学理论那一派胡言见鬼去吧！"或像格立尔·巴泽说的："愿魔鬼把一切理论拿走！"他们至少以为让研究西洋文学的人去讲什么玄虚抽象的理论罢了。就是研究中国文学批评史的人，也无可讳言，偏重资料的搜寻，而把理论的分析和批判放在次要地位。

应用马克思主义来研究中国古典文学就改变了新中国成立前这种"可怜的、缺乏思想的"状态。要写文学史，必然要研究社会发展史；要谈小说、戏曲里的人物，必然要研究典型论；要讲文学和真实的关系，必然要研究反映论；其他像作者动机和作品效果——德·桑克蒂斯强调的"意图世界"和"成果世界"的矛盾、作品形式和作品内容的矛盾，都是过去评点家、笺注家、考据家可以置之不理或避而不谈的。现代的古典文学研究者认识到躲避这些问题，就是放弃文学研究的职责，都得通过普遍理论和具体情况的结合来试图解答。这些问题都曾引起广泛的讨论。古典文学研究者还从马克思主义文艺理论的研究推广到其他文艺理论的探讨，例如最近关于"想象"或通过俄语转译自法、德语的"形象思维"是否能和中国上古文评所谓"比兴"拍合的讨论，是中国古典文学研究者接触到大思想家维柯《新科学》里"概念而出以想象"的名论。

对一般文艺理论的兴趣也推动了对中国古典文评的重新研究。上海几位学者正在编一部很广博的《文论选》，将成为中国文评的重要资料汇编。

总的说来，我们的古典文学研究成绩还是不够的。我们还没有编写出一部比较详备的大型《中国文学史》；我们还没有编校出许多重要诗文集的新版本；许多作家有分量的传记和评释亟待产生；作家、作品、文学史上各种问题的文献目录和汇编都很欠缺；总集添了相当精详的《全宋词》，《全唐诗》正在校订中，但是《全上古三代两汉三国六朝文》和《全唐文》的增删工作，似乎尚未着手。我们中国古典文学研究者面临诸如此类的艰巨任务。

我们还得承认一个缺点：我们对外国学者研究中国文学的重要论著几乎一无所知，这种无知是不可原谅的，而在过去几年里它也许是不可避免的，亏得它并非不可克服的。大批评家德·桑克蒂斯在《十九世纪意大利文学》里，曾不客气地把意大利和中国结合在一起："意大利不能像中国那样和欧洲隔绝。"今非昔比，"好些河水已经流过桥下了"，我也不妨说，北京附近那样世界闻名的古迹——卢沟桥即西方所称马可·波罗桥下，也流过好多水了。中国和意大利、欧洲也不再隔绝了。尽管马可·波罗本人对文学、哲学等人文科学"黯淡地缺乏兴趣"，让那座以他为名的桥梁作为中欧文化长远交通的象征吧！

（《明报月刊》一九七九年第九期）

漂洋过海

——留学生活回忆

吴冠中 / 文

> > >

美国"海眼号"海轮上有几十位年轻中国人，是一群幸运儿，他们乘风破浪，到欧美留学。海是蓝的、深沉的群青、透明的翠绿，有时是凄凉的灰，或忽然发怒，变得乌黑乌黑，我们落入了无穷大的墨池中。偶然翻出了一张当年船上同学们的合影，暑天，大家一律白上衣，满头乌发。曾在其中找认哪一个是自己，自己就曾这样雄心勃勃的年轻过，其中必有自己，这就够了，白发满头的今天，何必一定要在发黄的老照片中去抚摩远逝了的华年。

我总是爱扶在甲板栏杆上观看海的深沉，某处渐渐发黄褐色了，翻滚的黄褐色有点像水牛，水牛我童年见多了，但很少见它们成群冲撞嬉戏。细看，不是水牛，是鲨鱼，我看鲨鱼在大海中搏斗，搏斗，搏斗与搏斗都彼此相仿。突然一群白色的鸟掠过，那是飞鱼，我见过鱼之跃，初见鱼之飞。

航行三两日便靠一港口，停下来，可上岸观光，晚间仍住在船上。过了马尼拉便到新加坡，曾被我们称为南洋的新加坡其实只是一个落后的小镇，路边一些小贩卖切开的凤梨，苍蝇乱飞。除了高高的椰子树和槟榔树，就没有多少异国情调了。多年前我常去新加坡，想寻旧码头，人们说就是红灯码头一带，但已没有遗骸了。

在歧视目光中带着敌意发奋学习

闷、热、湿，这是西贡的独特气候，边走边出汗，像出不了澡堂。街上老妇人都挑对箩筐，里面似乎只有几个椰子，妇人满嘴黑牙，很丑，那是常嚼槟榔之故。前三四年我去海防，观察冲过桥来做生意的年轻越南人，他们的牙齿不黑了，像换了人种。越南人肤色、身高、体态都与我们相似，一开口说话，才知不是一家人。由于越南当了多年法国的殖民地，殖民者看殖民地人，大概都不美。五十年代在巴黎，中国人少，日本人几乎见不着，我们这批大中华国民，大都被认作越南人，备受殖民者的蔑视。老师、同学、同胞间葆有亲情外，我见到的大都是歧视目光。

过了西贡，渐渐进入大西洋的风浪区，疾风骤雨，船颠簸，我们先坚持在船头上看海之狂暴，半个浪打来，通身湿透，船面滑极，都只能躲下舱去，以手擦脸，处处皆盐味，耳朵里积了许多盐。开饭时候了，餐厅几乎没人，许多人呕吐，不能进食，盆、碗、瓶、罐，均用铁丝罩住，仍叮当晃动。忙碌的水手们走路也跌跌撞撞，且一手扶桌椅。头等舱在船中央，较稳，有两个中国官员，坐的是二等舱，大概也都平安，我们学生全部是四等舱。四等舱，塞在船头尖顶，这里最疯狂，二层或三层吊床都是用铁链捆住，海啸人摇，铁链叮当，此处岂即海牢。幸而甲板上有躺椅可租，躺在椅上，风平浪静时，一路观光，饱看东方和西方日起日落，不知命运在何方。

辽阔的海洋无边岸，忽进入羊肠小道，那是苏伊士运河。船停在塞得港，港中船挤，沿着巨轮脚边围满许多小木船，干瘪、乌黑的埃及人爬在高高的木船桅杆上，在摇摇欲坠的险情中用土制工艺品与船上的旅客做买卖。也有白人旅客偷出船上的食具、桌布用来与土人交易。小偷小摸随着水陆交通踏遍东、南、西、北，发展其前程。我并不爱那些民族工艺品，一味观赏在海水中浮游的娃娃，才六七岁吧，动作灵活胜似青蛙，大船上的贵宾抛下一个硬币，"蛙"立即没入水中捡起这钱币，高举示众，于是钱币纷纷扑水，"蛙"

们忙着显示其绝技，收钱。有人丢下了半支点燃着的香烟，"蛙"用嘴在空中接住燃烟，随即没入水中，瞬间出水，用手高举那支仍在燃烧着的骄傲的烟，小小年纪，被生活逼出一身绝技，游人欢笑，父母心酸。

美国人不收中国人的小费

抵达那波利，美国船要回美国去了，赴欧洲的旅客统统下船。临下船，头等舱、二等舱的旅客纷纷付服务员小费，几十、几百美元不等。中国学生尴尬了。有聪明人建议开会，每人出一两元，派个同学当代表交给美国人，那高鼻蓝眼睛的美国人说：我们不收四等舱里中国人的小费。

那波利静悄悄的，街上没几个行人，仿佛早晨四五点钟的星期天。人哪里去了？本来就这些人，从上海来的中国人想起南京路上的人潮，像是从夏天到了冬天，人都躲在家里不出门了。这个马尔盖（Albert Marquel）笔下的水上美丽城市，其名声源于祖先的巨大灾难。维苏威火山吞噬了所有的子民，只留下一个可怕的城名——庞贝。

去庞贝，等于到古罗马去，既已到了那波利，没有人不看庞贝的。淹没一切的火灰保护了文物，挖尽两千年的火灰，古人生活的隐私彻底暴露给子孙看。吃喝拉撒睡的方式、大浴锅的气概，历历可辨，连男女交媾的姿势，也绘声绘色在枕畔床侧，那是妓院。战斗归来，士兵们离不开沐浴与妓女。在破败妓院旁，依旧盛开着夹竹桃之类的艳花。人、狗等的化石，像模糊的石膏所制，大都陈列于那波利博物馆了，有的可辨脚上的草鞋痕迹，那是奴隶了，我还发现一把梳子形物，无疑是妇女所用，当时她或正在沐浴。

负笈异城，我们无心旅游，急切赶到学习之国。从那波利坐火车北上巴黎，必经米兰，米兰当时是欧洲最大的火车站，须停车两个小时。我和另一个同学急乎乎想先睹《最后的晚餐》，一算时间，坐计程车到壁画所在的圣玛丽教堂，来回急赶是来得及的。立即出发，及至教堂，大门紧闭，时约下午五点，清冷无人，心急万分，我们用生硬的法语向一位教士打听如何能进门看一眼《最后的晚餐》。教士很和蔼，他看我们来自东方的虔诚，时间又如此迫切，便拿出钥匙开了教堂门，并指引我看那世界名著，还指耶稣身上的污渍，那是拿破仑的马兵用马粪掷击犹大的遗迹，也没人去修补这破地图似的举世之宝。拿破仑曾打算将这伟大的《最后的晚餐》搬回巴黎，但工程师们没有迁动这壁画的能力，耶稣和犹大便永远定居米兰了。后人将壁画一改再改，曾经面目全非，重新擦去重改，这工作比晴雯补裘困难多了。我面对壁画时，感到怆然、迷惘，远不及唐墓壁画清晰。出租车司机提醒我们，须赶紧回车站，否则误点了。赶到车站，车正将启动，计程车索价颇贵，他们是计时而非计程，我们则是第一次坐计程车。

没给殖民者出拳，终生介怀

火车抵达巴黎，停于里昂站。一出站，觉得巴黎是黑的。那古老的墙，厚实而发黑，黑墙上挂着各种鲜艳的彩饰，彩饰下满是红椅子咖啡店，里里外外闲坐着各样服饰的仕女们，悠闲的巴黎掩着忙碌的巴黎。头天，我们被安排在一家古老的旅店里，这个旅店有点古怪，床的两侧、床顶上镶的都是镜子，从各个方面都能看到睡卧中的自己，实在睡不安宁。后来别人说，这原是妓院败落而改作一般旅店用的。吃得很差，几片猪头肉，战后法国凭肉票、粮票、假黄油票等过日子。

住进大学城，生活安定下来，一人一间房，一床、一桌、一书架、一个小小卫生间，地板是干净的，清晨有老太太来擦洗，常跪下擦各个旮旯。工作毕，她换上漂亮的服装上街去。法国人的工作和身份大都不外露。大学城是专供各国留学生的宿舍，法国提供地面，各国自建具民族风格之馆。中国没有馆，当年建馆之款被贪污掉，我们是公费生，凭法国的协助寄人篱下，我起先住过比利时馆，一旁就是张扬着日本样式的日本馆，他们战败了，依然气昂昂，胜利的中国却无立锥之地。一经住定，我们必先读巴黎地铁图，厚厚一本，须背得烂熟，以便天天在全城穿行。只要不出站，一张票可在巴黎地下巡回一天。三天之内，跑遍了巴黎的主要博物馆，凭美术学院的学生证，各馆免票。其实不用着急，我有三年时间细细品味古今中外的艺术珍品。二十世纪五十年代的卢浮宫冷清清的，我每次进去往往只看一个馆甚至一件作品。有一回我单独看那件断臂的米洛的维纳斯，整个厅里静悄悄的。大腹便便的管理员大概闲得无聊，一步一步向我走来，我笑迎，估计他要谈谈他所守护的女神像了。他脸色一变：在你们国家，没有这些珍宝吧？刺激了民族，我的反应不慢：这是你们的吗？这是强盗从希腊抢来的，你到过中国吗？见过中国的艺术吗？见过中国长城脚下的一块石头吗？少年气盛，这一斗，他倒蔫了，可能他估计我是越南人，他在越南战中大概吃了苦头，说不定还是残废军人，给他这个闲职，但殖民者的欺人本质未改。

我这个殖民地人民失掉一次给殖民者一拳的机会，终生耿耿于怀。在伦敦的公交车上，售票员从胸前的大袋里给我取出一张车票，我交了一分硬币。接着她将这枚硬币找给邻座一个"绅士"，"绅士"一见是经过中国人之手的硬币，拒收。售票员只好另换一枚。我捏紧的拳头终于没有狠打这胖"绅士"，我替中国人咽下了这口恶气。

我为学艺来、为朝圣来，遭了歧视，仍须学艺，只带着敌意学习，分外勤奋。西方艺术中的人本精神，伟大作者的激情、纯情，对造型科学的剖析，是远远超过我在国内时的所知的。

西方现代文化张扬个性

艺术是人情。凡·高的《向日葵》是一群个性鲜明的肖像，向日葵长得再茂盛，人们不会因之而疯狂。西方现代文化吸引我，因其从现实出发、从性情出发，张扬个性，挖前人未曾觉察的情之奥秘。作者从一个画像者进入了窥视感情深层的探索者，扬弃早已被照相替代的形象之复制工作，开始进入思索、想象、创造的造型空间。我记得上基础课时，苏弗尔皮老师说这种立体的渲染毫无意义，着眼点应在构架建筑，你画一个裸体，好像轮廓、比例、肌肉都近物件，但其组建系统全是虚浮的，没有内在的紧密联系，抛掉这些高低不平的肉团团，去卢浮宫看看桑德罗·波提切利（Botticelli）的作品，他主要用丝造型，但强劲坚韧，非仅于立体高光者所能望其项背。我们的任伯年也主要画人物，概念地做些符号，估计他连赤裸裸的真人也未观察过，更谈不上对人之真形的探究。崇洋，大多数人骂，但了解洋人对人体的深入钻研，任伯年无疑是大大落后者，其对衣着皮毛之浮面模仿，我们却误以为就是大画家的本领。

构成、空间划分、如何处理平面、错觉与直觉，这一系列知识对我是全新的，而且觉得其中大有道理，是宽阔的绘事正道。回忆十八描、披麻皴、画龙点睛等祖传秘方，都附属于造型规律之中，有什么特别体系呢？体系无非是科学规律，有价值者皆入体系，伪造体系，欺世盗名。

饥饿的我，大口吞食西方的肉和奶，但却又未必能吐出奶来，久违妈妈种的青菜、粗茶淡饭，青年的发育未必完全。"美"这种特殊粮食更需普遍吸收营养，东、西杂食，才能成长健美者，偏食者瘦、病，属淘汰行列。艺术是人情的成长、感情的发育，发育中的艺术排斥别人瞎指挥，"崇洋""崇古"都是囚中生锈的铁链，其寿不长，要断。

背着一篮经卷或毒草回祖国

我虽屡遭歧视，但还是觉得西方许多制度和生活习惯比我们强。吃饭分食，夫妻同餐也各用各的一份，卫生，我甚至觉得刀叉比筷子合理，易于清洗消毒，这个千年的陋习看来在中国江山不倒。

西方前进，源于科学与创新，孙子不如爷爷，这个家庭能不败落吗？我没有见过我的爷爷，但我相信我是不会同意爷爷的观点的。这倒不是数典忘祖，那么多爷爷大都要被忘却。出色的爷爷、伟大的爷爷，像李时珍，他一生在草丛中寻寻觅觅，探寻为子孙治病的良药，他实践、摸索，造福人类，但他生在那贫穷落后的时代，事倍功半，并未能创造出医学上的伟绩。西方的爷爷们在解剖尸体、化验血液、试验病毒，主观上与李时珍是异曲同工，救治人类，只是隔了海洋，彼此不易切磋，大家吃亏。易于漂洋过海的今天，人类文化突飞猛进，是子孙之幸。但东西间的隔膜依然存在，莫名其妙的保守势力谁道只是为了民族自尊？是怕饭碗会被时代打破？尚有义和团的心胸吧。

偏偏人人爱美，艺术的欣赏是没有国界的，艺术作品既无国界，漂洋过海来取经，负有打通东、西精神，彼此扩展审美的重任，意识形态间的战争渐渐转化为异国良缘。这个大问题，我们还正在观望一幕幕的优劣表演。幸而，现在从上海到巴黎无须再在四等舱里咣当一个月，十个小时便从戴高乐机场直抵浦东。崇洋者渐失假洋鬼子的优势，崇古者也难固守自封围墙了。古国！我们多想看到你的新生。将金人、玉佛之类统统踏倒在地，鲁迅的话没有过时，只鼓励我们创新。我这个出生于贫穷农村的孩子，在巴黎生活三年，有意无意间吸收了洋人的思维方式、审美见解，甚至生活方式。对于大家庭、几代同堂、忠孝的观念，都在我的内心起了巨大的变化，实事求是的精神替代虚伪客套的中国传统"美德"——往往是虚假。外国的骗子当然多，但我遇到的中国骗子更多。无论如何，中国人的素质比西方人尚差了许多。无疑，中国社会比西方社会混乱得多，中国的农民骗子在迅速增长，那个"工农兵"的偶像消失了。筛选一次人品吧，谁家垃圾多？我这个中国穷人生活在西方的豪华社会中，却感到须学习他们的某些品质，我崇洋了？决不，我在法国没有享受过法国生活，吃的是大学城食堂六十法郎的饭票，但我深深感到要改变我们的传统生活、思维方式，动摇这个落后大国思想保守的固执。

在艺术上，去留学，当学习人家时随时比较自己传统的优劣，无奈自己的落后处处显露，赶不上时代了，保守的人们大呼保卫传统，往往并未分析传统的真谛，只为了保住自己的饭碗而想永远躺在传统的软床上。

保护非物质文化遗产的呼声响彻云霄。正因非物质遗产的精华是非物质的，它是流变的，它一度繁荣，又一度衰败，不同于典藏于博物馆的凝固之宝。新版《牡丹亭》获得好评，《牡丹亭》继续向前走，仍顺风，还遇逆风？非物质文化遗产之保存必须着力于创新、靠人、靠发展，不进则退，力争青出于蓝胜于蓝而非一代不如一代。问题实质是在靠更新、发展，无创新、无发扬的民族遗产必然淘汰、消灭。今日抢救一途，抢救如救病，多活三五年、七八年，仍在险情抢救中，唯新生才能代替衰亡。骡子不能生育，有些艺术品种难有后继，我写过一篇《戏曲的困惑》，谈了忧心。

"技""艺"之间，时乖千里

衰败，新陈代谢，是自然规律，联合国无奈，人类无奈。我们为了保住"非遗"的金牌，功夫都用在了非遗之外，争取经济实惠，其实不少"非遗"是根本失去了"非遗"之价值。民间，民间当然也爱艺术、创造艺术，但限于条件，民间艺术依靠的是智慧，民间艺术的发展是智慧的比赛而非材料的竞争。我们经常请一些民间艺人出国献技，弘扬传统文化，无论剪纸、刺绣、牙雕，想以技惊人，虽然有些外国老人、妇女喜爱这种那种技法，但能入大雅之堂的应是艺。"技""艺"之间，时乖千里。

伯希和等人盗去的中国文物书画陈列在吉美博物馆，我每每比较我们的传统与印象派等现代绘画，这是我全身心投入的事业，也是漂洋过海的目的。我也拉法国同学一起看，听他们对两方的比较。我们这些年轻人，对这些作品一视同仁，只看艺术效果，不关心其出身。什么中国画的特殊体系等空洞名词，改动不了艺术造型的硬规律与感情表达的软规律。我夹在东、西之间，也不觉其间有何敌对情绪。新旧之际，东、西之际无怨讼，"唯真与伪为大敌"，吴大羽老师的话沁人心脾。

成为同胞的"异类"

但是，还是有一顶分量不轻的帽子压在头上。我，从意识形态及审美角度来审视，同我的同胞已有了不少的差异，我回到他们之间，岂将成异类？水墨画、油画等技法之差异，我感觉不到什么压力，但，思想意识，我可能被视为叛徒了，如不叛，逆来顺受，我是一个没出息的子孙，只从事我认为乏味的，甚至错误的事业，无异帮着出卖自己的祖国，毁灭自己的民族。我的前途看来将在矛盾、痛苦中沉浮。漂洋回来，自己背回了一个大包袱，当我看到庙里的大肚和尚，羡慕其自在。漂洋过海回来便得不到这美妙的坦然。

塞纳河畔"倒霉"的回忆

想多了解一些法国人的生活，我报名参加同学们假日的活动。那一次是步行到夏特教堂朝山进香，共一百余人。夏特教堂是哥特式建筑名作之一，离巴黎一百多公里，参加朝山者并不都是基督徒，全凭志愿，但旅程是辛苦的，全部步行，晚上分散住宿在农家的马棚里，马棚当然不干净，法国同学却仍脱光衣服，睡在自备的一个布袋里，抽紧布袋，蛇虫、小动物就进不去了。抵达夏特教堂，演戏、唱歌，疯狂地欢乐着。有人拉我进去参与角色，我不好意思，只能像呆子似的旁观，但深深觉得他们的学生生活生动活泼，与祖国教育的呆读书差异甚大。

复活节假日长，同班同学拉我一同沿塞纳河一路写生，他自备小舟，这是美差。头天住到他父亲的乡村别墅，翌日一早，他和他家保姆扛着一只木支架蒙帆布面的小船直奔塞纳河边。船里塞满了画架、颜料、罐头、面包，这是二人一周的粮食。我一看波涛凶险，小舟轻微，感到太危险，但事到临头，中国人害怕了？我咬牙下船，船飞速冲入江中，那年轻人还感到不过瘾，又用布帘做帆，"千里江陵一日还"，不过半个小时我们就连人带舟翻在江心了。郊区的塞纳河白浪滔滔，像是长江，我们二人扶船呼救，四野无人。形势渐迫，他冒险游上了岸，大力呼救，险情中幸遇一货船经过，他们解下大船尾部的救人小舟救出了一对倒霉的美术学生。我们投奔遇到的第一户农家，主人给烤火、换衣、打电话，此地的人民真善良，我记住了这里的天、地和大江。两天后我用水彩铭记了这个乡村风貌。

回祖国去，我背着一篮经卷或毒草回祖国去，救不了民族，怕也不了解人们落后的、保守的思想意识、审美观念。我是人生道上一个被推来推去的小卒，但自己不服气，依旧想横站着战斗，殉道于人的心灵。平时不进商店，临离去时到田园大街一转，那些豪华的商品大都是为女人服务的，我也看不明白。偶见一条摆在突出位置的项链，呵，项链，莫泊桑讲过的故事，项链依然高傲地在田园大街上放光芒。

寂　　寞

王安忆 / 文

> > >

　　在斯德哥尔摩时，曾经去米勒花园博物馆。卡尔·米勒斯是瑞典当代雕塑家，已经去世，在他后几十年里，买了这座临海花园住宅。其中包含他车间样的工作室和收藏室，他热衷于收藏古希腊与古罗马的艺术品，所谓艺术品，其实大多是一些雕塑的残片，完整的作品很少见。当然，经过了这么漫长的岁月，辉煌的古代还能留给今人多少余烬呢？他的作品亦是经现代观念处理过的古典主义，人和动物多表现出一种向上升腾的企图。我倒是比较喜欢看他的素材，一些素描、速写、草图，有很大部分是描绘煤矿工人的劳动体态，多少给这座过于纯美的花园添加了一点粗糙却有力量的空气。

这所花园住宅坐落在海岸边。瑞典的海就是如此平凡，就像溪湾一样温和平静，还有家常。你随处可见一泊碧水，却就是海了，米勒花园临海，这一日天气又好，海和天都有一种凝固的蓝，阳光则又将这蓝通透，简直有些飞溅开来的意思。园子里的白细沙地和雕塑的青铜，色泽异常饱和，在某种程度上减低了阳光的锐利，却增添了质地的细密。阳光下的北欧风景，总有那么一些不真实，就像人工的光和色。而建筑与花园呢，也有着一股小巧稚气的趣味，使人怀疑它们的实用性。尤其是当人去楼空之时，你真的很难想象这里曾经有过兴许还相当激烈的人和事。

米勒花园，除了展览和收藏以外，还开放了一些私人空间，让人们对这位艺术家获得更多的了解。在艺术家的活动场所里，常常会出现一位女士，是米勒的女秘书。她的办公桌、她的打字机、她的书柜、她屡屡出现在介绍文字上的姓名，然后，还有她的一间带厨房、浴室的卧房，房间的装饰在简明的北欧风格中略掺有一些洛可可的华丽情调，流露出女性气质，还有这位女士丰富的个性色彩。最引人注目的是圆桌上一大束鲜花，盛在透明玻璃瓶中，硕大的杂色的花朵，绚丽极了。

在住宅的一侧，有一间偏屋，展出着米勒斯妻子的一些画作。画幅的尺寸中等偏小，题材是人物肖像和风景，肖像中有一些是她的亲眷，侄子、侄女什么的，水粉为多，笔触非常细腻，色彩薄透，画风相当甜美。你可想见，她是如何仔细和耐心地一点一点画下。窗外是鲜艳的海景，特别有亮度，所有细节都整洁有序地排列在视野里。身边是热烈蓬勃的另一种生活，这住宅里的主体，并没有她的份儿。她其实不具有绘画的才能，甚至，也许都说不上有什么兴趣，可是，这一笔笔的，就好像编织女工做她的活计，敞亮中变得格外空旷的时间便流淌过去了。

（发表于《明报月刊》二〇〇三年第三期）

新年的快乐

丰子恺 / 文

> > >

　　从无始到无终，时间浩荡地移行着，本无所谓快慢。但在人的感觉上，时间划分了段落，似觉过得快些，同时感到爽快；混沌地移行，似觉过得慢些，同时感到沉闷。这好比音乐，许多音漫无分别地连续奏下去，冗长而令聪者感觉厌倦；若分了乐章、乐段、乐句，划了小节，便有变化，而令人感觉快适了。

　　自然的时间划分，是寒暑与昼夜，一寒一暑为一年，一昼一夜为一日。但由寒到暑，由暑到寒，微微地逐渐推移，浑无痕迹。人类嫌它冗长散漫，便加以人工的划分，把一年划分为四季，十二个月，以求变化。阴历的月虽以月亮的一圆一缺为标准，但月亮的圆缺在实际上毕竟没有怎样重大的影响，初一的白昼与十五的白昼并无分别。阳历的月就不管月亮的圆缺了。故十二月只能说是人工的划分。一个月有三十次昼夜，人类又嫌其冗长散漫，再加以更细的划分，以七天为一个星期。这样一来，日子过起来爽快得多。转瞬又是星期日，来了四个星期日便是一个月。假使没有星期的划分，一个月中同样的昼夜，反复三十次，岂不厌倦？所以家居的人时常感到沉闷，度学校生活的人便觉星期飞快地过去。在地理书上看到一年中有几个月的长昼与长夜的两极地方的情形，谁也同情于他们的生活的沉闷。

　　但在昼夜一日一来复的温带上的生活中，一昼夜之间没有划分，仍嫌其冗长。便把它平分为十二时，或二十四小时。又把一个小时分作六十分，一分分作六十秒。本来混成一气的时间，现在就被切得粉碎而部署为许多节段了。这样一来，人的度日就有了变化而不觉其畏。像学校的生活，一个上午划分为四个时间，一个时间内又划分为五十分钟授课，十分钟休息。上课复休息，休息复上课，不知不觉之间，一上午过去，午膳的钟声已经响起了。小学近来改用一刻钟或半个小时为一课，划分尤为琐碎。儿童生活兴味旺盛，不能忍耐长时间的连续。给他们把时间这样细碎地划分了，他们便觉变化繁多而不嫌其长，因而读书也有兴味了。古昔生活悠闲的诗人春昼无事，静观默坐，便谓"日长如小年"。患失眠症的人觉得长夜漫漫。坐牢监的人度日如年。但生活繁忙的人只觉"光阴如箭""日月如梭"。这虽是叹惜时间度送太快的话，其度送之时，翻着日历写信、看着手表吃饭、抱着闹钟睡觉，只觉时间的经过变化百出，应接不暇，因而发生兴味，不觉沉闷之苦。这好比听赏节奏复杂而拍子急速的音乐，因其变化丰富，听者就不嫌乐曲之长。

可知时间划分越细，感觉上过去越快，生活上兴味越多。故"快"就是"乐"，合起来就是"快乐"，生活的快乐称为"快活"。人生一方面求寿命之长，一方面又求生活过去之快，两者看似矛盾，而其实无妨。因为这是在实际上求寿命之长，而在感觉上求生活过去之快。人工的时间划分，便是在感觉上求生活过去之快的一法。

新年，也是在混沌的寒暑推移中用人工划分出来的时间的段落。虽然根据太阳绕日的周期而定，然并不完全正确，阴历尤多参差；且在日子表面看来，大晦日与元旦并无什么差别，所以也只能说是人工的划分。有了这划分，年的界限便判然，人的生活便觉爽快；有了这划分，人就可在元旦这一天的早上兴致益然地叫道："新年开始了！""恭贺新禧！""发财，发财！"好像从这一日起，天上换了一个新的太阳。

新年应是一年中最快乐的期间，应该说些快乐的话。但想来想去，也只是由时间划分而来的这一点，此外没有别的快乐可说，在这风声鹤唳的时候！

（发表于《明报月刊》一九六七年第三期）

一个人在途中

舒婷 / 文

> > >

我最早获得的工作是在一家民办的小铸石厂做合同工。二十年前，铸石工艺尚属试产阶段。把辉绿岩加各种配方经高炉熔炼，浇铸成模，经结晶窑、退火窑依次冷却，是耐酸、耐碱、耐高温的建筑材料。我在这家风雨飘摇的小厂不足一年，留下千疮百孔的记忆。像挞伐一样，伤疤脱落无痕，疼痛深植骨髓。

从另一种意义上来说，我亦终生受益匪浅。

若非特别事件的触动，我仍不大有勇气回顾那些日子，也从未和朋友谈起。我的许多朋友尝过流放、尝过铁窗、尝过饥饿与爱情（爱情在那个年代何尝不是一重炼狱），尝过天底下各式稀奇古怪的苦难，我的体验对他们如同儿戏。

其实，人的心理机能和生理构造各不相同，伤害本身无所谓大小，要看它击在什么部位。我有位姨辈头戴纸帽、胸挂破鞋，站在最热闹的渡口向革命群众认罪。她丈夫每天送两个孩子上学经过，都要当众侮辱他儿子的母亲："看，这是那破鞋！"那女人回到家里，洗把脸，系上一条大红长裙，对镜翩然起舞，不但活了下来，后来又有了幸福的家庭。另一位风华绝代的女歌唱家却为第一张大字报当天晚上从四楼掩脸坠下。事隔二十余年重提此劫，她的同辈人仍要黯然神伤。

那些个看起来好似鸡毛蒜皮，落在身上，可能就是锋利的弹片、煨毒的暗器，而且没有解药。这个人内心的黑暗地狱，在他人那里不过是个几毛钱的魔方，只让指头忙个不停。

一九七三年秋天，我和一批社会青年成了工友。他们从十五岁到三十岁不等，全是逃过上山下乡却又使出浑身解数通过各种渠道历经残酷斗争才挤到这份工作，唯有我是照顾回城的知青。报到那天，我的苍白、消瘦和高度近视眼镜在一群精力充沛的青工中有如一条绿色蜥蜴那样瞩目。外婆家教所严格养成的洁癖，以及我总随身带着书本都将逐渐出卖我，我毫不知情。像所有女孩子一样，第一眼我先寻找熟人，很失望，都是陌生面孔。第二眼也同样失望，这家瓦砾遍地的工厂不能给我一张干净的椅子，幸亏我事先带了半张报纸，摊在断石上，我掏出了书。

第一印象给人的傲慢与孤僻，立刻像油和水一样把我从人群中分离出来。人们远远用猜忌、嘲讽的目光看着我。我在书本所构筑的地堡里自觉很安全，早已忘掉一切。

这时候我的不合群尚被看作渊博、高深莫测，至少认为我聪明，马上分配在心脏部位的炉台。炉台上的姑娘一直是全厂的宝贝。瞧她们脚踩咯吱咯吱响的长靴，皮手套拉到胳臂上，墨镜推在帽檐。一个个脸蛋被炙烤得娇艳欲滴，眼睛乌黑灵活，令我不止一次目眩神摇。不料我的千度近视令我不是将模板打翻，就是让宝贵的石浆四溢横流，第三天我就被撤到第二道工序。

结晶窑仍是关键的工序。我像抓举运动员那样，先要蹲下，才能双手抓起二米多长的沉重铁钎，用腰拱、用膝盖顶着，才能抖抖地把这百来斤重的铸模推进窑里。男工们只用铁钎轻轻一钩，把窑门打开，隔三米远就能根据铸件颜色的深浅掌握火候。我的气力不够指挥超过我体重的钢钎，眼睛又不争气。每次都要跑到窑门用手尽快打开窑门。"哗"地皮手套立刻洞穿，火焰呼地蹿出，燎焦了我的发鬓。几天下来，我的左腮红肿，殃及左耳，高烧发炎。尚未痊愈我撑着去上班，尽心尽力想保住这份工作。当我满地寻找钢钎，而钢钎实际就在我的脚边时，班长懒洋洋走来，挥手叫我去退火窑。

高炉燃焦炭，结晶窑耗煤，退火窑烧的是木柴。我这块湿木头，被甩到这里，仍不经烧。我们这帮被上几道工序淘汰下来的乌合之众，用铁锹将脱模后依然通红的铸件飞跑着送进退火窑。窑前站一高个子女孩，抄一把长柄铁锹把各种奇形怪状的铸件叠高码齐，其灵巧程度远胜于今天人们所玩的电子游戏《俄罗斯方块》。这位姑娘自然流露的专注、热情和优美，她那汗水与火光辉映的脸颊、屈伸柔韧的腰肢、匀称修长的腿，令我再次体会到人在胜任愉快的劳动中所焕发出的全身心的异彩。或许感觉到我的欣赏、尊敬的目光，她会抽暇向我努一努嘴，示意车间特为她准备的大碗茶。这是唯一对我表示和善的姑娘，但是她太紧张、太投入，性格又腼腆，我们始终没能交上朋友。

　　这类姑娘无论在工作技术上还是心地质量，都是工厂的精华，工人们无一不对她们刮目相看。我开始为自己在体力劳动中所表现的荏弱、笨拙感到羞愧与忧虑。我一直竭尽全力，不仅未能勉强跟上，而且逐渐在无情的劳动中受到歧视和排挤。不由得，我一再怀念我那还留在山区的知青伙伴，那是一个多么温暖友爱的集体！每次从大田挑谷回村，总有先到的男知青扔下担子又反身来半路接应我。有伙伴生病，我也会半夜只身翻五里坟山去供销社买红糖熬姜茶。每每正当我胡思乱想，就有人大声呵斥："瞧你又报错了型号。眼睛不知怎么长的！"流水工作又劳累又枯燥，有好多双眼睛就等着我出纰漏，好乘机鬼哭狼嚎一番取乐。

大夜班，夏天叫我第一个去打夜餐，往往因为太烫来不及吃就去抄铁锹飞跑，夜餐搁在长凳上不是被人打翻就是落了一层灰。冬天我总是最后一个，只剩下些清溜溜的冷汤，这些我都可以忍受。冷言冷语自不待说，工作上有什么差错，只要能推的都推在我身上。我的书被随便拿去垫屁股、垫牙缸，甚至撕两页如厕。新发的纱手套转眼被偷走，受一顿批评好不容易再领到一副旧手套，不用时它好好在椅背上，等要用时它不翼而飞，我只好裸手去抄铁锹，掌沿一圈血疱。工段长见了皱皱眉头，脱下一只扔给我，那略带怜悯又不厌其烦的目光令我的心疼得缩成一团。

三班倒使时间错乱，我的失眠症变本加厉。书籍原是我的宗教、我的伴侣、我的救生圈，但是，在这场精神危机中它也不能拯救我，我对自身的存在价值产生了怀疑。每天上班之前，父亲都用担忧的目光目送我。虽然他不知道我在工厂的处境，但我的逐渐憔悴、愈见沉默至少说明了工作的劳累。但他不敢劝我放弃，因为我还有一个哥哥、一个妹妹在山区。我那些年长的朋友有些照顾回城，也许工作比我艰苦，但他们是男孩子，一再劝我："别做那份工，我们大家挪一点给你，你去专心写作。"

那时我写诗，写一艘搁浅的小船。我能感到我正在腐烂下去，而在可望而不可即的地方，海，比任何时候都温柔宽博，却也比任何时候都邈远。

我终于离开车间，到风吹日晒的堆场，被收容在老弱病残的包装组。

这时，对人们的哂笑和轻蔑我已麻木，却渐渐喜欢上堆场。我用稻草打包的出厂成品既美观又大方，我堆叠的铸件人站上去蹦跳不会坍塌。我的眼睛虽不知怎么长的，作为补偿，我的耳朵异军突起，只要轻轻一敲铸件，就能检验出隙缝与砂眼。工作慢慢称手，我节省了不少时间。手上忙的时候，我试着拣些情节性强的故事讲给工友听，听得两位将退休的老工人长吁短叹，另外两位有病的青工泪花涟涟。闲下来的时候，她们就要催促我："四只眼的，哨你的纸皮去吧！"

转机悄悄到来，我身上的茧太厚，没有觉察到它温热的呼吸。临近春节，工厂检修停产，三十多位青年工人挤在阳光下打闹，我习惯性地远离他们，独自坐在铁锭上看书。

突然，周围变得十分安静，有道长长的影子遮住了我的书本。我抬头，看见一位女孩也斜着眼、噘着嘴，穿一件时髦的金黄色灯芯绒外套，站在我跟前。我认得她，她是那帮淘气包里的混世魔王，恶作剧层出不穷，身旁有一帮人前呼后拥。她未开口，脸上已坏坏地笑着，身后伺机而动的同伴们眉目翕合，正准备大声起哄。呼吸之间她改变了主意，问我："什么书？""《妇女乐园》。""能借给我吗？""等我看完。"

她挤了挤我，坐在我边上，乱翻书，还我，起身回她那惊愕不解的臣民中去。奇怪，她那般神气地用手扶着臀部，一摇一摆的背影竟然表情丰富地向我传递出她内心极大的满足与欢乐，片刻里我觉得我对她洞察无遗，同时又茫无所知。

从此这位姑娘一有机会就遁离炉台宝座，屈尊来堆场帮我打包。她缠着向我借书，我怀疑她根本没耐性看完。每天午餐她一定要拉我到堆场后边的海涂上，诉说她自己。她的父亲是黄埔军校最后一期学员，在她出生之前就被逮捕送到新疆劳改。她陪长年念佛的外婆与守活寡变得非常孤僻和神经质的母亲过日子，"连家养的一只老猫也是母的。"她说。她极聪明，学啥像啥，写一手好字、画两笔像模像样的水彩，无师自通地学会缝纫，不由分说把我的八寸宽工裤全改成紧绷绷的仔装（其时人们还不知牛仔服）。但她自觉出身极黑，没有前途，家庭气氛又沉闷，便自暴自弃，很快就以她的机警完全汇入社会的泥石流。开始她被我的眼镜和书本所刺痛，接着又被我的旁若无人、谨守自尊的神态所激怒。因此她一直在暗地里兴风作浪，唆使出无数鼓点来击我这面实心鼓，非但没有击穿，连响一声都听不到，我好像根本没有意识到她的存在。"我服你了！"她叉着腰，烫卷的小黄毛被海风撩得满脸都是。

我心中酸苦，以为我若不是失声长号就是扭住她当胸一拳，谁知我只是拍拍她的肩膀，走开。

不久，我被借去厂部描图，当推销员，每逢政治运动来，我就借到宣传组写墙报稿，刷大标语，渐渐有了点知名度。那年的最后几天，我获得了宝贵的转正机会，已填了表，公司宣传科科长亲自到我家要把我调离工厂当宣传干事，我经过几夜无眠的思想斗争，递了辞职书。

后来我又换了很多工作：水泥预制品厂、漂染厂、织布厂、灯泡厂。我一心一意当个好工人，凡有借我去宣传部门临时帮忙我都不干，甚至广播员这样一个肥缺我也断然拒绝。因为，现在无论到了什么样的人群里，第一天我就能找到朋友，很快地我就赢得一个融洽的小集体。我学会了用技巧代替体力，例如在预制品工场上，我推不动料车，但我埋头苦练，几天就完全掌握了轧钢筋的技术。碰到缺强壮的男工扶震动器，我也不怕揽这条电鳗在怀里六个钟头。次日我去门诊部疗伤，浑身筋骨俱损，却得到了同伴们的尊敬和谅解。

慢慢地，我亲身体会到劳动带来的身心的舒展与韵律，体会到休息时清风的甜美与星空的辽阔。

更重要的是我学会了用温暖去接近人，而不是筑高墙去提防人。通往人心的道路总可以找到，我谨记在心。看书不只为了寻求安全岛，把它摊开来，与我的伙伴共享它的悲欢离合。

对比在这之前备受呵护的温室以及后来开朗潇洒的拓境，如果要给这段铸石生涯加一小标题，有个现成的正可以借用，那就是：一个人在途中。

（发表于《明报月刊》一九九五年第三期）

输　液

季羡林 / 文

> > >

简洁明了一句话：我对输液有意见。

大家都知道，在西医的医院中——有人反对"西医"这个词儿，我还认为中医、西医对称好——把药物送入病人体中的手段无非两种：一种是吃药，一种就是输液。

因此，对输液只能拥护，不能反对。我的态度也是这样。但是，对眼前一些具体措施我却是颇有意见的。这些措施对别的病人有什么影响，我说不出，但对我影响却是极大的。我是闻输液而色变，看吊瓶而魂飞。早晨，医院刚一开始活动，护士小姐就把一大堆大大小小的输液用的瓶子挂在床旁的杆子上，有时能达到六七个之多。我心里想：这够你半天吃的了。

瓶子吊好。护士小姐就在手上或腿上（原来不知道），扎上一针，把一个极细的针管对准你的血管扎在里面。这个针管后面有长管一直通到一丈多高吊瓶上，吊瓶里面的药水就通过这根长管慢慢流入你的体内。针管的尖只能对准血管，稍一歪，就刺入肌肉中去，从吊瓶里流下来的药水不能流入血管，只能流入肌肉内，肌肉是没有承受能力的，药水一多，就"鼓"了起来，拳头或腿部就会肿了起来，十分可怕。

这还没完。吊瓶一挂，就是吊瓶第一，别的工作都必须给它们让路。你要吃饭了，一瓶还没有输完，你必须枵腹等待；你要睡觉了，一瓶还没有输完，你必须忍困恭候。这样十分不方便，是很明显的。

其实这个问题并不难解决。只要稍稍加强一点计划性，就万事亨通了。一瓶药水输入能用多少时间，这个心中有了底，大瓶、小瓶之间的安排就有了根据。输液同别的活动之间的矛盾，也就迎刃而解了。岂不是一举数得吗？

最后，我还想一个在内行人眼中十分幼稚可笑的问题：每一次在众输液瓶威慑下我蜷曲着身体不敢吭一声的时候，我就要问自己：我的肚子，我整个的身躯就这么一点点大，能容得下输液瓶中那么多的药水吗？有的药水是不是可以减少一下分量？

二〇〇三年六月二十一日于三〇一医院

（发表于《明报月刊》二〇〇六年第十二期）

笑　着　走

季羡林 / 文

> > >

　　走者，离开这个世界之谓也。赵朴初老先生，在他生前曾对我说过一些预言式的话。比如，一九八六年，朴老和我奉命陪班禅大师乘空军专机赴尼泊尔公干。专机机场在大机场的后面。当我同李玉洁女士走进专机候机大厅时，朴老对旁边的人说："这两个人是一股气。"后来又听朴老说："别人都是哭着走，独独季羡林是笑着走。"这一句话给我留下了很深的印象。我认为，他是十分了解我的。

　　现在就来分析一下我对这一句话的看法。应该分两个层次来分析：逻辑分析和思想感情分析。

先谈逻辑分析。

江淹的《恨赋》最后两句是："自古皆有死，莫不饮恨而吞声。"第一句话是说，死是不可避免的。对待不可避免的事情，最聪明的办法是，以不可避视之，然后随遇而安，甚至逆来顺受，使不可避免的危害性降至最低点。如果对生死之类的不可避免性进行挑战，则必然遇大灾难。"服食求神仙，多为药所误。"秦皇、汉武、唐宗等是典型的例子。既然非走不行，哭又有什么意义呢？反不如笑着走更使自己洒脱满意愉快。这个道理并不深奥，一说就明白了。我想把江淹的文章改一下：既然自古皆有死，何必饮恨而吞声呢？

总之，从逻辑上来分析，达到了上面的认识，我能笑着走，是不成问题的。

但是，人不仅有逻辑，他还有思想感情。逻辑上能想得通的，思想感情未必能接受。而且思想感情的特点是变动不居。一时冲动，往往是靠不住的。因此，想在思想感情上承认自己能笑着走，必须有长期的磨炼。

在这里，我想，我必须讲几句关于朴老的话。不是介绍朴老这个人。"天下谁人不识君"。朴老是用不着介绍的。我想讲的是朴老的"特异功能"。很多人都知道，朴老一生吃素，不近女色，他有特异功能，是理所当然的。他是虔诚的佛教徒，一生不妄言。他说我会笑着走，我是深信不疑的。

二○○六年三月十九日

（发表于《明报月刊》二○○六年第十二期）

让沼泽仍是沼泽

张晓风 / 文

> > >

从印度人的思维来说，地球上有四大现象，那就是地、水、风、火。而我们老中的文化却不同，我们没有八卦。八个卦象分别可以落实为天、地、雷、风、水、火、山、泽。

其中"山"和"地"其实是有些交集的，而"水"和"泽"也仿佛有些差不多。想来华夏先圣是因为特别敬重地球上这些重要物象的特质，所以才会给它们各自另外立了一个番号。山和大地被认定是不尽然相同的，大地柔和丰厚，如母亲的胸怀。而山峦却嵯峨高举，拿云亲日，是仙人的故乡。水，是沛然莫之能御的至柔且又至刚的大能量。泽，却是鸢飞鱼跃，擎花贮月的心灵至美依归。

所以，有山有泽的地方是受祝福的特区，是正常人类渴望亲炙的大自然的慈颜。

但山和泽却又是极端脆弱的，山有可能遭人凿了山石，也有可能被人砍了神木，有可能被人种了高冷蔬菜，有可能仅仅被雨水冲刷而蚀了土表。倒是古人去钓鱼、挖个竹笋或捡些枯柴、摘些野蕨，并无大碍。

至于沼泽则更糟，一场暴雨就可以增加它的淤泥，特别是，如果周边的山上缺乏护山的草木，沼泽很快就从浊泥烂潭变成干地。

曾经，历史上有所谓的云梦大泽，这沼泽位在楚界。楚，指的是中原文化边陲的极浪漫、极华美、极神秘的领域。在那里，岸芷汀兰，一径香入天涯；在那里，楚山楚水青碧透明如琉璃；在那里，有一双沼泽，一个名叫云，一个名叫梦。云梦大泽丰饶且美丽，是浩浩渺渺说不尽的玄秘幽境。

另有一说是：云在江北，梦在江南。传说之所以纷纭，其实都因为后来我们根本找不到云梦大泽了。我们早已不能指认它确切的位置，换句话说，云梦干了，干成平凡的旱地。那曾经存在的幻境，我只有在司马相如的《子虚赋》里去揣摩臆想，去低回浩叹。

即使那么大、那么深的千里烟波，有朝一日也会干涸耗竭。而，在云枯梦竭之后，如果眼前有个小水洼，自当珍惜。珍惜什么？珍惜其间一茎草、一尾鱼，珍惜鸟之一鸣、花之一展，珍惜羽翅之鹰扬、垂柳之低拂。

世上一切美物，美到极致，如中国台北的二○二厂地、中国香港的米埔湿地，本当祭天，但天并不需要草坪供它散步或树丛供它吸纳，天意只会让土地留为生民所用。

蒲 公 英

李泽厚 / 文

> > >

　　又到了拔蒲公英的季节。

　　蒲公英给我最早的印象，是吴凡那幅小女孩吹蒲公英的画，还是非常年轻的时候看到的，至今印象犹存。可见，蒲公英给我的感觉很好。

　　但在美国后院要拔除的蒲公英，却是开得遍地的灿烂小黄花。这小野花鲜亮、普通、幼小，它一片片地蔓延开来，尽管毫无章法，可以说是乱开一气，却使整个庭院显出一片金黄。我觉得挺好，并不难看。不过按美国住家的规矩，却必须铲除。我至今也不了解为何定要铲除的道理，总之要拔掉就是了。于是乎拔。用手，用小铲、大铲、专门制造的铲来拔。大大出乎我意料的是，这小黄花的根非常坚韧，它长且粗，特别是非常的长。要把它连根铲除或拔除，非常不容易，而且是拔不胜拔。经常是累了大半天，似乎清除了一小片，第二天，就在那块认为已被根除的土地上，迎着阳光，小黄花又照样茁壮地、灿烂地开了起来，一点办法也没有。最后只好雇请专业人员大洒药水予以消灭，反正现代人类的科技发达。

这蒲公英的难拔使我想起一九五〇年劳动时的田间除草。除草劳动种类很多，我特别记起的是，像拔蒲公英一样，拔那长在庄稼中的野草。那野草倒不开花，但像恶霸似的躺在地面，四肢放肆伸开，长得又肥又壮，老乡说它们夺取庄稼的水分和养料，必须拔除。但拔除也不容易，虽说拔蒲公英没这么难，却也要长久蹲下身去，好费一番气力。因此在这劳动中，我很憎恶这些难以拔除却又必须拔除的野草。记得当年暗中思索：人们，当然包括我自己，都读过许多歌颂野草的诗文篇章，从白居易的"离离原上草"到鲁迅著名的《野草》散文集，都在赞颂野草那顽强的生命力，却从没想过这顽强的生命力恰好是庄稼和农家的死对头。所以我当时想，那些诗文和自己的喜爱确乎是由于没有干过农作耕耘，因之与"劳动人民的思想情感"距离甚远的缘故。我非出自农家，又素不爱劳动，属于当时应下放劳动以改造思想的标准对象，对野草的爱憎不正好证明了这一点吗？但是，我一面除野草，也信服上述理论，活也干得不错；一面我又仍然喜爱那"春风吹又生"和鲁迅的《野草》文章。我欣然接受"拥护劳动人民便应改造思想"的严密逻辑，却又依然不愿体力劳动，不愿改造和"改造"不好。我虽从未在思想检讨会上以野草作例，证明自己改造之痛苦艰难，却的确感到我这脑子里是有矛盾、有问题的，正如当年一再宣讲"知识分子最没知识"的经典论证是菽、麦不辨，似乎很有道理，因为我的确辨不清，但又立即想到，爱因斯坦可能也分辨不清，为什么必须人人都要分辨得清呢？当然，我并不敢说，心中嘀咕而已。

由蒲公英而想起拔野草，如今一切往矣，俱成陈迹。且回到这目前的拔蒲公英吧。除了难拔之外，它最最使我惊异的是，小黄花过不了多久就变成了圆圆的小白球，在一些郊野，它们还成了大白球。它们高耸、笔直，不摇不摆，但如果你手指稍稍一触，它便顿时粉碎。它们是失去了生命过后岁月的僵尸。它们没有树叶陪衬，没有一丝绿色，就是赤裸裸的狰狞的大白球，彼此比肩挺立在一块、一排、一片。它们与那小黄花似乎毫无干系，完全异类。这使我非常惊骇，这怎么可能呢？怎么可爱的、美丽的、天真烂漫的小黄花竟变成了如此凶悍、绝望、疯狂的大白球了呢？太不可理解了。难道时间一过，岁月一长，就会如此吗？就必须如此吗？

我散步归来，天色渐黑，四野悄然，就那些白团团的大圆球顽强地竖立在那里。面对它们，我却一点也没有岁月流逝的感伤，只感到一种莫名的、真正的恐惧，"繁华如梦总无凭，人间何处问多情"。可怕的大白球代替了诗样的小黄花，你于是永远也找不回那失去的柔情和美意。

西格弗里德·伦茨的《德语课》

余华 / 文

> > >

一九九八年夏天的时候，我与阿尔巴尼亚作家卡达雷（Isntail Kadarc）在意大利的都灵相遇。我们坐在都灵的剧场餐厅里通过翻译聊着，不通过翻译吃着喝着。这时的卡达雷已经侨居法国，应该是法籍阿尔巴尼亚裔作家了。二十世纪九十年代初，作家出版社出版过他的一部小说《亡军的将领》（*The General of the Dead Army*），我碰巧读过这部小说。他可能是当今阿尔巴尼亚最重要的作家，像其他流亡西方的东欧作家那样，他曾经不能回到自己的祖国。我们见面的时候已经没有这个问题了，只要他愿意，任何时候都可以回去，不过他告诉我，他回去的次数并不多。原因是他每次回到阿尔巴尼亚都觉得很累，他说只要他一回去，他在地拉那的家就会像个酒吧一样热闹，认识和不认识的人都会去拜访他，最少的时候也会有二十多人。

因为中国和阿尔巴尼亚曾经有过"海内存知己，天涯若比邻"的友谊，我与卡达雷聊天时都显得很兴奋。我提到了霍查和谢胡，他提到了毛泽东和周恩来，这四位当年的国家领导人的名字在我们的谈话里频繁出现。卡达雷在"文革"时访问过中国，他在说到毛泽东和周恩来时，是极其准确的汉语发音。我们就像是两个追星族在议论四个摇滚巨星的名字一样兴高采烈。当时一位意大利文学批评家总想插进来和我们一起聊天，可是他没有我们的经历，他就进入不了我们的谈话。他一会儿批评我们中国法律制度里的死刑，想把我拉过去，我没理他；他一会儿又提到了科索沃的问题，激动地指责塞族人是如何迫害阿族人的。他以为身为阿族的卡达雷一定会跟着他激动，可是卡达雷和我一起在回忆里激动，我们都顾不上他。

后来我们谈到了文学，我们说到了德国作家西格弗里德·伦茨（Siegtried Lonz），不知道是什么原因说起的，可能是因为我们两人都喜爱伦茨的小说《德语课》（*Deulschstunde*）。这是一部可以被称为反法西斯的小说，也就可以在当时的社会主义国家出版。

卡达雷说了一个他的《德语课》的故事。前面提到的《亡军的将领》是卡达雷的重要作品，他告诉我在写完这部书的时候，无法在阿尔巴尼亚出版，他想让这本书偷渡到西方去出版，他的方法十分巧妙，就是将书藏在其他书里偷渡出去。他委托朋友在印刷厂首先将《亡军的将领》排版印刷出来，发行量当然只有一册，然后他将《德语课》的封面小心撕下，再粘贴上去，成为《亡军的将领》的封面。就这样德国人伦茨帮助了阿尔巴尼亚人卡达雷，这部书顺利地混过了海关的检查，到了法国和其他更多的国家，后来也来到了中国。

我也说了一个我的《德语课》的故事。我第一次读到的伦茨的小说是《面包与运动》（*Brol and Spiele*），第二次就是这部《德语课》。那时候我在鲁迅文学院，我记得当时这部书震撼了我，在一个孩子天真的叙述里，我的阅读却在经历着惊心动魄。这是一本读过以后不愿意失去它的小说，我一直没有将它归还给学校图书馆。这本书是二十世纪八十年代翻译成中文出版的，当时的出版业还处于计划经济时代，绝大多数的书都只有一版，买到就买到了，买不到就永远没有了。我知道如果我将《德语课》归还的话，我可能会永远失去它。我一直将它留在身边，直到毕业时必须将所借图书归还，否则就按书价的三倍罚款。我当时选择了罚款，我说书丢了，我将它带回了浙江，后来我定居北京时，又把它带到了北京。

然后在一九九八年，一个中国人和一个阿尔巴尼亚人，在一个名叫意大利的国家里，各自讲述了和一个德国人有关的故事。这时候我觉得文学真是无限美好，它在通过阅读被人们所铭记的时候，也在通过其他更多的方式被人们所铭记。

论画动物

张大千 / 文

> > >

　　画动物，必须懂得生理的解剖，然后才观察它的皮毛筋肉。不懂得解剖，画起来就会错误百出了。先了解解剖，再去写生，这是第一要义。若不写生，仅凭师授或只是临摹那是很难成功的。开元时韩干画马，明皇叫他以陈闳做老师，韩干不接受诏旨，奏道：天闲万马才是臣的老师。这便是说明他要实地观察写生的意思。北宋的易元吉以画花竹、禽兽著称，尤其擅长画獐猿，不仅自己养有珍禽与兽，而且不畏艰险隐身林莽观察鸟兽动态，得它的自然。

　　先仲兄善孖，他爱虎因而豢虎、画虎，他平生养过两只老虎，一只是在四川，时间养得比较长久，后来因为牛肉不易买，老虎又不吃素，不得已饲以猪肉，养到三年多那个老虎就生痰死了；寓居苏州网师园的时候所养的一个，是抗战时在山西殉职的郝梦龄司令所赠，那虎儿才生出来六个月，先兄爱到极点，胜过于爱他的儿子，不加锁链、不关于笼子里，驯服过于猫犬，先兄天天和它盘旋，观其一切动态，心领神会，所以写来没有不出神入化的。先兄在英国时，罗斯福总统在白宫专筵招待他，先兄即席挥毫画了二十八只老虎，题"中国怒吼了"。把所有在旁看画的人，都看得呆了。所以我举出韩干、易元吉、先兄三位来就是证明，写生是最重要的。

我爱画马、画猿、画犬，因之也爱养马、养猿、养犬，现在我投荒南美，犬、马的喜好不能够再有，但还养了猿子十几头呢！

鸟兽有些是不宜入画的，如豺狼、鸱鸮这些东西，容易启发人的不良观感，猿猴同称，但猴的举动轻率，面容丑恶。

画人物，别为释道、先贤、宫闱、隐逸、仕女、婴儿，这些部门，工笔写意都可以。画人物先要了解一些相人术，无论中西大概都是以习惯相法来判别人的贤愚与善恶。譬如戏剧里，凡饰演奸佞贼盗的角色，只要一出场，略一举动，不用说明，观相就可以看出他不是善类。那么能够了解相人术，画起来岂不更容易吗？譬如画古圣、先贤、天神，画成了一种寒酸和丑怪的样子，画高人、逸士、贞烈、淑媛，画成了一副伧野和淫荡的面孔，或者将一个长寿的人画成短命相，岂不是滑稽？所以我一再说：能懂得一些相人术，多少有一些依据，就不会太离谱了。如果要画屈原和文天祥，在他们的相貌上，应该发现气节与正义，但绝不可因他是大夫和丞相，画成富贵中人的相貌。这是拿视觉引动人到思想，也便是古人所讲的骨法了。

画人物最重要的是精神。形态是指整个身体，精神是内心的表露。在中国传统人物的画法上，要将感情在脸上含蓄地现出，才令人看了生内心的共鸣，这个当然是很不容易。然而下过死功夫，自然是会成功的。杜工部说："语不惊人死不休。"学画也要这样苦练才对。画时无论任何部分，须先用淡墨勾成轮廓，若工笔则先须用柳炭朽之，由面部起先画鼻头，次画人中，再次画口唇、画两眼、画面部的轮廓、画两耳、画鬓发等。画全体完成以后，始画须眉，须眉宜疏淡不宜浓密，所有淡墨线条上最后加一道焦墨。运笔要有转折虚实才可表现出阴阳凹凸。有时淡墨线条不十分准确，待焦墨线条改正。若是工笔着色，一样得用淡墨打底，然后用淡赭石烘托面部，再用深赭石在淡墨上钩线，衣褶如果用重色，石青、石绿那就用花青勾头一道，深花青勾第二道，朱砂用岱赭或胭脂勾它。不论脸及衣褶的线条都要明显，不可含糊没有交代。巾帻用墨或石青，鞋头用朱砂或石青或水墨都可以，看他的身份斟酌来用。画人身的比例，有一个传统的方法，所谓行七坐五盘三半。就是说站起的人除了头部之外，身材之长恰恰等于本人七个头，新时代的标准美人，八头身高比例之说，哪知我们中国早已发明若干年了。

记得少年时读《西厢记》，有金圣叹引用的一段故事，真是画人物的度人金针，抄在下面："昔有二人于玄元皇帝殿中，赌画东西两壁，相戒互不许窃窥，至几日，各画最前幡幢毕，则易而一视之。又至几日，又画寅周旄钺毕，又易而一视。又至几日，又画近身缨笏毕，又易而一视之。又至几日，又画陪辇诸天毕，又易而共视。西人忽向东壁哑然一笑，东人殊不计也，殆明并画天尊已毕，又易而共视，而后西人投笔大哭，拜不敢起。盖东壁所画最前人物便作西壁中间人物，中间人物却作近身人物，近身人物竟作陪辇人物，西人计之，彼今不得不将天尊人物作陪辇人物矣。以后又将何等人物作天尊人物耶？谓其必至技穷，故不觉失笑！却不谓东人胸中，乃别自有其日角、月表、龙章、凤姿，超于尘埃之外，惶惶然一天尊，于是便自后至前，一路人物尽高一层。"倘能细细领略这段文章，我想要画人天诸相当不至于太难吧！画西壁的那一位，虽然是逊画东壁的人一些，他还肯自己认输，也不失真艺人的风度。最怕是只知别人眼中有刺，不知道自己眼中有一段梁木啊。

168

又到杭州

王蒙 / 文

> > >

一、永忆江南到杭州

又到杭州了。

一到杭州就禁不住不停地默念："江南忆，最忆是杭州……"就想着"春来江水绿如蓝"应是指富春江，想着"郡亭枕上看潮头"，真不知道钱塘观潮有几千年的历史了。至于"山寺月中寻桂子"，古代的注释已经说明是指在灵隐寺赏月，还说是灵隐的僧人说他们那里的大量桂树是直接从月宫走下来的。那么，与今人有点隔膜的倒是"吴酒一杯春竹叶"了，莫非古代这边有饮用竹叶青的习俗？

"吴娃双舞醉芙蓉"呢？算了，不去考察了吧，干脆来它一个歪批：就是说白居易在《忆江南》三首中描写了当年在杭州举行的"艺术节"的盛况。我辈当然比白乐天更幸运些，在二〇〇四年以杭州为中心会场举行的第七届中国艺术节里，人们不但看到了吴娃，也看到了全国的与国外的"娃"，不但有双人舞，而且有独舞、群舞、大合唱、交响乐、水上社戏、书画展、文物展……如果乐天诗翁在世，不知道又该怎么写《忆江南》呢！

白居易毕竟是白居易，他的三首《忆江南》如歌如画，朗朗上口，千古丽句，堪称极致。而且他的《忆江南》是可以再现的，不像《长恨歌》与《琵琶行》是只能留在纸上了。现在的江南、现在的西湖，依然如白居易、苏东坡当年写的那样清纯秀美。

两年前我赴日访问的时候，曾看望患病的大作家水上勉，水上勉君衰弱地说："真想再去一趟杭州啊，哪怕是用轮椅推，推着我围绕西湖转上一圈，就虽死无憾了。"就在今年九月，就在杭州我做"汉语写作与中国文化"的讲演与顺路观看艺术节演出的时候，水上勉君不幸辞世了。

我把水上勉君对于杭州的思念告诉了浙江与杭州市的领导同志，他们都很感动，表示愿意邀请水上勉君来访，但这已经是无法实现的了。

二、今日又重游

白居易问："何日更重游？"

白居易自慰："早晚复相逢。"

　　杭州是永远的，仍然是晴方好，雨亦奇，淡妆浓抹总相宜。我们不用像水上勉一样苦苦地思恋杭州，不用像白居易一样自问和自慰，二〇〇四年九月十四日，我再次来到了杭州。

　　杭州是永远的，今日的杭州仍然江水绿如蓝，仍然秋（春）水碧于天，画船听雨眠，仍然有西湖歌舞（但是不必叹息它几时休，因为它越歌越动人，越舞越欢畅），仍然是晴方好，雨亦奇，淡妆浓抹总相宜。

　　杭州又时有新意，从苏堤往西，去年"非典"期间大动干戈，扩展了西湖的面积，增添了许多幽雅的新景。我们乘船穿过许多桥洞，经过许多野趣横生的水上植物群落，用各种视角享受西湖美景，看到了大湖面上看不到的另一种妩媚与雅静、清幽与阴凉，看到了另一个清婉的西湖，而与明镜般的大湖相补充相映衬。

　　倒塌多年的雷峰塔重建起来，修葺一新。你终于找到了一个高点、一个最佳位置，可以从那里鸟瞰整个西湖和周围的山色。叫作湖光山色尽收眼底，湖光山色永远贮存在你的心里。

而西湖四周的景点，也都免除了门票。旅游业是更兴盛了，旅游发展的大效益可以抵除掉某些小的令游人不便的计较。市场经济与旅游经济的规则并没有受到怀疑，但是游人们却立时感到西湖属于自己了。

杭州人的生活也是越来越好了。

当然，我面对杭州的高楼大厦也颇感困惑。我们的运气只是在登雷峰塔观湖的那一天赶上了山色空蒙的阴天，没有在塔上看到那些与西湖美景不怎么协调的现代建筑。

三、梦魂牵萦话杭州

感谢改革开放，我这二十多年去过了那么多地方。我算是真的知道了世界真奇妙了。

然而没有一个地方像杭州这样令人动情，令人醉迷，令你销魂，令你不知道说什么才好。

好话说不清楚，就只能正话反说了。我说，杭州是个消磨斗志的地方。

文友王旭烽则告诉我，有一位外地作家说，他是不能来西湖了，来了杭州就不再想写作，不再想读书，不再想苦干，只想游玩……

中国的古典诗词写过的地方多矣，泰山、洞庭、长江、黄河、边塞……但是写杭州、写西湖的最深情、最美丽，最依依恋恋、难解难分。

因为西湖的水平如镜，涟漪如纱绉；因为西湖的柳丝太细太柔下垂得太紧；因为杭州的山峰太秀丽太碧绿，山的线条也如西湖的岸线一样舒缓，不见嶙峋，不见突兀；因为杭州的酒太温柔醇厚；因为杭州的茶太鲜嫩清淡（例如与我在新疆喝惯了的茯砖相比较）；因为西湖的风景与杭州的地名太雅太温馨：柳浪闻莺燕子弄，三潭印月武陵源……因为围绕着西湖有太多的爱情故事：梁山伯与祝英台、许仙与白娘子、苏小小与谁谁谁……因为杭州的菜肴太细腻，连鸡、虾、蟹也是醉而后去满足人们的口腹之欲并且使食此者醉去的；而杭州人确实是爱生活也会生活的人群……这当真是个舒服的地方，只不过是我们的命运，我们祖国的命运太严酷了，不仅在南宋的时候不该享福，在鸦片战争的时候，在大革命的时候，在抗日的号角吹响的时候，在抗美援朝的时候，谁又能流连在湖光山色、历史胜迹、老酒与醉鸡醉蟹当中呢？

游西湖，因四时之景不同，其乐亦无穷，加上最近西湖四周的景点免除门票，当地旅游业更是兴旺，游人们皆感到西湖属于自己了。

而这不是杭州的错，这只是幸福的推迟。杭州本应该是人生的幸福、神州的幸福的载体，却常常成为血腥战斗的见证。

其实——杭州的文友告诉我，杭州也不乏刚烈之士，例如最近就新修复了于谦墓，就是那宁可粉身碎骨也要"留得清白在人间"的铮铮铁骨，更不要说名扬万古的岳坟了。而从杭州走出去不远，就是绍兴，就是鲁迅的家乡了。

四、断裂与整合

当新鲜的人文博士（fresh Ph.D）讨论中国社会的断裂的时候，我在杭州倒是看到了一种也许会引起争议的整合。其实断裂也好，整合也好，前提是共同的，那就是承认多样性的存在。断裂的来由是一种存在认定另一种存在不应该存在，只好与之断裂。整合的来由甚至也包含着无奈，一种存在不认为自身有能力或足够天经地义的理由消灭异质的存在，只好整合在一块儿。

例如一位杭州人告诉我，新修起的雷峰塔是失败的，原因是：一、塔太胖，与六和塔靠了；二、为游人安装了扶手电梯，不古色古香了。

王旭烽告诉我，雷峰塔完全是按照文物数据上的原样修起来的，人们心目中的那个瘦塔其实是塔壁因火灾与战乱的破坏塌落后的塔芯，而且不仅雷峰塔如此，包括目前俊俏地矗立在北山上的保俶塔，其瘦身形象也是根源于塔壁的剥落。至于扶手电梯，在建筑中相对比较隐蔽，至少对我与妻这样的年逾古稀者，似不显多余。

雷峰塔现在的浮雕与壁画就更有趣了，在最高的六楼中，四周是木雕的佛陀释迦牟尼的故事，从出世到涅槃，包括菩提树下的悟道。当然，五楼就是从塔上看下去的西湖诸景，画景与实景互证，似乎不太带意识形态色彩。再下一层是白娘子联合小青血战法海僧人的传奇壁画了，按理说，这段故事中不无对佛法的不敬，倒是应该感谢佛家普度众生的大度。再下一层是重新修建此塔的盛事，则包含着对当今与当局的颂扬。这有什么不协调吗？

没有任何人有这种感觉。至少是协调在一个叫作"旅游文化"的概念里了。不错，"旅游"二字中含有铜臭的气息，把真正的文物交给旅游部门管理令人不寒而栗。在这方面有过失败的与令人痛心的经验。但至少这一座新复建的雷峰塔，给我的印象是并没有污染西湖，倒是使西湖显得更完美，使游人与西湖更亲近。我们完全可以寄正面的希望于旅游，希望旅游文化带给我们的不仅有赝品与伪文化（那是文化的灾难），而且有真正的文化。

这次阔别数年以后来到西湖，还看到据说是参照上海"新天地"的经验修起来的湖东酒吧一条街，欧式风格，夹带韩式。从旁驶过，但见灯光黯淡，装饰华美，一心逐洋……欲知成败如何，且听下回分解。

五、龙井茶与西湖白莲藕莼

想来是因了小时候家境不怎么样，也缺乏医药知识，我一有病大人就给我吃藕粉（还有挂面）。在高烧不退、食欲全无的情况下，喝点所谓藕粉（也许不过是土豆粉或者秸秆粉的东西），起码撑不着，渐渐养成了病吃藕粉的真正小儿科习惯。"成家立业"之后，我的这一稚习，被妻子儿女嘲笑，他们说藕粉是我的"回生粉"。

这次到西湖，说起想喝藕粉，果然也使杭州友人觉得太幼稚了。他们想不到我要这种不登大雅之堂的东西。但是，九月十五日在湖畔居，王旭烽还是替我向主人要了藕粉。现在的藕粉改名藕纯了，用一个生僻的字，也许是为了提高身价。质量也显著提高了，不需要和底子，用九十摄氏度的开水冲一下，就会自动成为均匀的糊状。几年前也有直接冲开水的，但冲出来效果不理想，常有疙瘩混迹其间，现在，是浑然天成啦。藕粉也在进步呢。

当然到湖畔居更主要是为了饮茶，王旭烽是茶人，她的描写茶农生活的长篇小说《南方有嘉木》获得了茅盾文学奖。她与茶人们面子大，我们到了湖畔居，喝了各种可饮、可观赏、可品味的名茶。有一种我觉得应该命名为"绿牡丹"（也许人家起的就是个名字）的茶，一小团茶，开水一泡，变成了绿色大朵牡丹，好不喜人。观湖光山色而品上等茶、上等水，这样的快乐人生又能有几次？这天茶水喝多了，茶后兴奋中去看山西歌舞团演出的民族舞剧《西厢记》，更是乐事了。山西的艺术家演得很好，剧本突出了崔莺莺和张君瑞对于幸福的热烈追求，压缩了红娘的分量，把老夫人代表的封建势力处理成由男群舞演员表现的符号，使老戏有了新面貌，表现爱情的舞蹈非常高雅优美。

于是当晚大为失眠，茶与舞，都太撩人心绪喽。

六、《钗头凤》

如果我的记忆没有欺骗我自己，我记得我第一次听到《钗头凤》这首词是在一出话剧里。那部话剧就叫《钗头凤》，是一九四六年由国民党军的第十一战区司令部话剧团演出的，女主角唐琬是由演员唐若青扮演的。

我并没有机会在剧场看戏，我是在家里的一个破旧的话匣子里听这出话剧的。而这个话匣子是"二战"中日本宣布投降后，住在北京的日本军人家属仓皇回国，廉价出手的。话剧是倒叙写法，一上来就是陆游吟哦着"红酥手，黄縢酒，满城春色宫墙柳"，十二岁的我立即感到了这首词的震撼力。我出神地聆听着，忘记了一切。我还记得唐若青的嗓子有点沙哑，有一种特殊的磁性。顺便说一下，抗战过程中国军第十一战区建立了话剧团，而这个话剧团的文艺工作者是很进步的。

就在听到最最动情处的时候，突然停电。我几乎发了疯。我忽然想起了我所居住的小胡同——小绒线胡同的东口，插入一个大胡同——报子胡同，而报子胡同的东口有一户人家，这户人家有一扇高高的后窗户向着街道方向开放，我常常在走过那里时，听到从后窗中放送出来的广播声，声音质量比我在家中听的话匣子好多了。我也坚信，我们的小胡同停电，不意味着那边的大胡同也停电。

王蒙：观湖光山色而品上等茶、上等水，这样的快乐人生又能有几次？

我飞一样地跑向报子胡同东口，我走到那扇我从中听到过曹宝禄的单弦、赵英颇的评书、孙敬修的故事的高高的后窗下面，我期待着话剧的广播。然而，杳然无声。至少对我来说，从这次起，这个给过我艺术的欢乐的后窗，不复存在了。

这是我平生未圆的梦之一，此外例如还有我曾梦到过自己演奏乐器，梦到过自己驾驶汽车……这些，都是我此生的遗憾。

至今，我没有看过、听过一部完整的描写陆游与他表妹的恋情的戏剧。

但是我去了两次绍兴的沈园。第一次是一九八九年，由绍兴市副市长李露儿同志陪同，阴雨绵绵，草木低首，如同为陆游和唐琬的遭遇而哭泣。来到这里我感动得不得了，看了刻在照壁上的陆游与唐琬的词更加感动。当绍兴的同志告诉我当今的沈园修复得太粗糙的时候，我一再为沈园辩解："不粗，很好，很动人。"

这一次，我仍然提出要去沈园，而绍兴的人说，现在的沈园比我当年看到的那一个又扩大了。

那次是上午，这次是黄昏。那次是阴雨，这次是晴天。沈园有一口双眼井，新中国成立后在双眼井中修起了一面墙，墙的一端改成了人民公社的菜园。这个故事也很有趣。诗人陆游与他的爱情是神圣的。农民的种菜劳动也是神圣的。我相信经济发展得很好的绍兴人的蔬菜供应一定很好，不需要占用半个沈园栽辣椒苗了，那就把这一小块地面还给历史与文学吧。

这也算圆了我的半个多世纪以前想听完话剧《钗头凤》而不得的一点心愿吧。

七、祥林嫂

如同绍兴市委书记王永昌同志所说，绍兴本身就是一个人文历史的博物馆。而这些脍炙人口的文物景点的修复、修缮，都与发展旅游文化的思路有关。没有一个良性的循环，上哪里找钱去干这些事？

而且又扩大扩容和升级增量呢。绍兴县就修起了鲁镇。很大的一片地方，邻近鉴湖，修成了鲁迅小说中的鲁镇模样，使鲁迅的小说虚构变成了实在的景观。阿 Q 一溜歪斜地走过来了，他受到旧警察的敲诈，他给不出钱来，便被带到了大堂，以"乱党"的罪名要了他的命，而他还在耿耿于怀画押时的圆圈没有画圆。

这是演出，这是对于鲁迅的纪念和重温，这令人感慨万千。你难以相信，几十年前，中国、中国人是这样的。

而更令我触动的是对面来的披头散发的妇人，她拄着拐杖，两眼发直，嘴里念叨着"我真傻，真的……阿毛……"念叨着"到底有没有来世……"

当然，是祥林嫂。

我自己也没有想到，祥林嫂的形象给了我那么大的冲击，我立即热泪盈眶，不只盈眶，而且夺眶而出了。整整一个小时，我忘不了祥林嫂。

我从小就特别感动于祥林嫂这种被侮辱与被损害的人物，对于这样的人的同情决定了我的一生，我看到她就像看到自己的亲人、自己的长辈、自己的姐妹。一九八〇年我第一次到美国，曾经在使馆帮助下在爱荷华放映夏衍改编的电影《祝福》，一位台湾背景的艺术家看完后对我说，他真的再不敢看这类片子了，这样的电影看多了非变成共产党不可的。

八、鲁迅故里与柯岩

而在绍兴市的鲁迅故居原址，修起了鲁迅故里。回想我许多年前参观鲁迅故居的情景，真是鸟枪换炮，今非昔比。二十年前，鲁迅故居破破烂烂，挤在居民房舍内，露不出头角来，而今，扩大了地界，把鲁家（其实是周家）早就卖出的旧屋也收回了，你甚至可以从中看到当年鲁迅幼时亦未看到过的周家最发达时的情景，俨然大户巨绅。整个地方，黑瓦白墙，乌木雕刻的门框、窗框，像是北京由贝聿铭先生设计的香山饭店的缩小版。其实是贝先生汲取了江南民居风格设计了获奖的香山饭店。

卖各种纪念品、卖炸臭豆腐，故里也招商，故里的香臭十分扑鼻。这当然也是旅游文化，而旅游文化招徕顾客的正是非常革命的鲁迅文物与同样吸引人的吴越乡土的民俗文化。故里的门票据说价格不菲。我又想，正像西湖游的火爆终于使西湖边的"花港观鱼"与"曲院风荷"不再收门票一样，说不定以鲁迅的伟大名字命名的有关景点，有可能今后提供更与鲁迅身份相称的服务。在达到这一点以前，我完全理解人们对于"红色旅游资源"的开发，和这种开发反过来对于人文教育、人文关切的正面意义。

也许在结束这篇挂一漏万的记述二〇〇四年的杭州之行的小文之前提一下绍兴县的柯岩是必需的，两块高耸的岩石位于绍兴柯镇，故名柯岩，我从来没有看到过这样奇绝、这样英武、这样打破了人间的想象力的石头。这两块巨、高、奇、瘦之石，几乎使摩尔（Henry Moore），还有罗丹，以及什么现代派、后现代派的雕塑在它面前黯然失色。而这两块石头的产生并非完全来自天然，它是历代艰苦卓绝的采石工人凿石取料的剩余，它是无心间造成的吗？我想起了罗丹的名言，石雕就是把不需要的东西统统打掉。我无法想象也无法理解。艺术啊，你在非艺术的、非刻意经营的大自然与人工劳动面前，将怎样自处呢？

吃腊八粥

二月河 / 文

> > >

  我看见过和尚们吃饭，那实在可以说是"节约型"的餐饭。现在少林寺、灵隐寺的佛子们吃得怎样，我不晓得。但凭揣测，我以为仍旧是"差劲"。曾经问过一位很阔的方丈大和尚："你们那些沙弥现在伙食好了吧？"他答："吃细粮了。"这也就是提高了。但"水准"也就"而已"。因为你如今即使走到最偏远的穷乡僻壤，穷汉们"馒头咸菜"——也是细粮。其实，所有"红"古刹，如今都是日进斗金——馋嘴花和尚们或有扮作俗人，到火锅海鲜城里"大快朵颐"一番。但你到寺院食堂瞅瞅，和尚的膳食还是"不行"。

想了想，所有的宗教都是禁欲的，佛教何能例外？人，吃得好了，就会胡思乱想造业。释迦牟尼就是这样想的，因此他的教众不允许奢侈。由此推去，嘴巴犯馋、食指常动的人，有苦恼自个儿解决，别去当和尚。一天到晚萝卜、白菜、豆腐，时间长了口中淡出鸟来。

和尚们的好饭

然而和尚们也有一宗好饭，叫"腊八粥"。

这粥我常吃。用一点油盐，炒上黄豆、松子、枸杞子、红萝卜丁，兑水，加小米、核桃仁、花生米、豆腐丁、粉条……讲究一点的还要加点黑木耳、香菇之类，就在火上熬煮。这粥要中火不停地煮二十分钟，锅里翻花大滚，人站在锅边，用勺子不停地搅动，搅得黏糊糊的，稠糊糊的。葱茏的厨雾弥漫着浓重的香气，能逗得全家大人小孩都咽口水，流哈喇子。好，出锅，喝粥——准确地说是"吃"。那粥，可以用筷子头"剜"，一剜一团，吹一吹热，然后它就消失在肚里了。真的，腊八粥比饺子还要费心费时，还要好吃些的。

这种饭什么时候有的？考证不清楚，但似乎唐代的可能性要大一点，因为十二月是"腊月"，是打《新唐书·历志》才有的月律。腊月，又是初八，于是便有了"腊八粥"这一说，然而这个粥我很是怀疑它是印度和尚饭传入中国——说不定就是玄奘和尚打印度带回来的外国饭。因为印度也有个"腊"。十二月十六日，这一日定名叫"腊日"。一个腊月一个腊日，每年腊八，中国的寺院都烧腊八粥施舍四方善男信女。对乞丐穷人来说，这实在比观音杨柳枝还实惠一点。由彼国到吾国，由寺院入民间，那粥传承脉络似是有迹可寻。

驱尽心中寒气

这是很好的膳食，不但营养全面，且口感极佳，很适合寒天进摄。试想，外头天寒地冻，滴水成冰或者漫天风雪，屋里却热气腾腾的，老少共聚欢颜，来一大碗这样的热粥，你心中有多少的寒气也都驱尽了。

吃这个饭，不需要再配菜，因为粥里已经备全；也不需要吃干粮，因为它的黏稠嘛，是能解决你的"腹中粮荒"；更不需要喝酒，因为酒这东西"夺味"，这么佳美的粥味，被酒味夺掉很令人扫兴。因为它制作起来用料多又好，无论僧俗人家，平时都不能常用的。

清人李福有五言古风，说"腊月八日粥，传自梵王国。七宝美调和，五味香掺入。用以供伊蒲，藉之作功德"——这个粥原来是僧众供奉世尊释迦牟尼的，岂是等闲之粥？这里全文引用这首诗是长了一点，详其意蕴。似乎这属于一种"政府行为"，比如说县衙要赈民，又怕麻烦，就把钱粮拨给寺院，由和尚们代劳，和尚们就熬这样的粥施舍四方——自然地，他们自己也可以打打牙祭——粥好又是白吃，来吃的人可以想见，肯定挤得水泄不通，"饥民寺集"，就弄得"男女叫号喧，老少街衢塞。失足命须臾，当风肤迸裂……问尔泣何为，答言我无得……"整个一件好事办砸了。很多人挤破头，吃不到一碗腊八粥。弄得诗人也无奈长叹"安得布地金，凭仗大慈力。眷焉对是粥，跂望蒸民粒"——情愿吃平常饭，吃饱就好。

老百姓要讲"养生"

我自得了糖尿病，常吃这种粥。因为它用粮比较少，其中一些菜豆又对这病有益无害——有人说，喝粥血糖上升得快，我告诉他们，上去快下去得也快。因为它就那么多的含糖量，更多的是碳水化合物，宜于血糖高者摄入。

我曾诧异的是，天下酒肆饭店林林总总，不见有个老板开发"腊八粥"这饭（事业）。这么好的饭自己做又麻烦，正是饭馆应该关注的呀！怎么偏就——思想明白了：饭馆是要挣大钱的，这饭做起来有点麻烦，用料却都不贵，挣不了多少钱的，再说粥味那么好，喝它就不必吃菜了，饭店更不合算——无商不奸、无商不奸，不挣钱的事你甭去和商人"商"。

然而民间不用你说，腊八粥自也是要通行。平日"简易腊八粥"，也常在百姓桌上端出的。山西的"合子饭"、河南的"糊涂粥"，都是的。山东河北平常人家，我想也都有变种了的通用腊八粥。人民生活提高了，饮食就向贵族靠去。有人注意到，《红楼梦》里的贾宝玉从不吃干粮，是一味喝汤喝粥；吾辈老百姓吃腊八粥，喝糊涂饭，并不是没有干粮与肥猪羊，而是因为要讲"养生"的了。向贾二爷去靠齐，与释迦牟尼同享佳味。

阿弥陀佛！

父亲的角色

王鼎钧 / 文

> > >

父亲节前夕，四位名人座谈做父亲的甘苦，他们充满自信和成就感，大家听了非常羡慕。

我那天想到一点有意思的。咱们的新文学作品写母亲多、写父亲少，写父亲写得好的尤其少。就文学论文学，母亲容易写，写她的爱、她的付出，含辛茹苦、恒久忍耐，就能感动天下读者。母亲的卑微和她的伟大成正比，但是你如果以同样的素材、角度写父亲，效果就很难说了。朱自清的《背影》是经典名篇，七十年来浪淘尽多少教材，《背影》始终在国内海外的语文教科书里占一席位置，却也引得多少个窃窃私语："朱先生怎么把他的父亲写成那个样子！"

应该写成什么样子？依照大多数人的理念，父亲要为全家提供安全感，家庭尊严，社会空间，他不但可亲，还要可敬。母亲对子女只要张开双臂提供一个胸膛，父亲却要在他们头顶上张起伞盖。传统用词：丧父曰"孤"，丧母曰"哀"，可见对父亲的态度少了几分感性，多了几分理性。"看父敬子"，父亲首先是成功的社会人物。这种无形的角色分配很难抗拒。

这样，"及格"的父亲就没有母亲那样多，可写的"素材"稀有，幸而得之，他的子女如果这样写父亲，这位父亲的形象浮夸，难以进入大众读者的内心深处长年同感共鸣。何以故？因为他自己的父亲不是这个样子。那么何以又抗拒《背影》？因为他不愿意承认自己的父亲也是这个样子。成功的社会人物反而是失败的文学人物，至于"成功的文学人物"像《背影》那样，却是失败的社会人物。

到底应该怎样做父亲才值得写？到底怎样写父亲才可以成为典范？恐怕是一个很难解决的问题，可以说，作家们或是在规避，或是在摸索。父亲难写是因为父亲难做，这年代做人难，做父亲难，做总统也难，有时候我觉得做上帝也很难，尤其是做中国人的上帝。

五十年来，中国台湾的"外省人"之间流行两句话。前二十多年，为人父者常说他"对得起国家，对不起子女"，由于众所周知的原因，他必须逃出中国大陆，妻子儿女离散不知下落，即使把子女带到台湾，他也不能让子女受到良好的教育，甚至不能提供充分的营养。

后二十多年，另一批为人父者常说他"对得起子女，对不起祖先"。这些人砸锅卖铁也要子女升学，"来来来，来台大；去去去，去美国"。少数父母心急如焚、迫不及待，把未成年子女送出去做"小留学生"。一入异国，先改姓名，族谱上的方块字变成蟹行拼音，而且迁就美国人的习惯，声音往往拼走了样。有一个孩子问他的父亲：咱们不是姓崔吗？怎么老师说我姓"揣哀"（Trai）？父亲无言可答。敝宅姓王，美国人叫我"Mr. 完！"我一听，完了！这一下子真的完了！

中国台湾流行的这两句话，显示千千万万"中国父亲"的窘境，为子女，他们"极无可如何之遇"。如果这是"母亲"的脚印，那将是可泣可歌的母亲；如果这是父亲的"行谊"呢？恐怕子女是另一番感受，社会是另一番估量了吧！

父亲难做，中国人难做，这个时代过去了没有？父亲、作家，都盼着呢。

远去的邮车

迟子建 / 文

> > >

　　近读严济慈先生的《法兰西情书》，颇多感慨。严先生是著名的物理学家，曾受恩师何鲁先生的资助留学法国。我以为一个物理学家满脑子装的都是天体呀、大气的臭氧层呀、光谱学等知识，没想到严先生是那样一个感情丰富的人，他与未婚妻张宗英在信中谈《西厢记》，谈歌曲《Long，long Ago》，谈戏剧，他的情书热烈大胆与缠绵悱恻的程度，比徐志摩写给陆小曼的情书有过之而无不及，且文采斐然。

　　严先生是乘邮轮赴法国的，他的情书在船上就一篇篇诞生了。

他记叙着游船所经之处的风景，譬如香港的灯火、西贡湄公河上的飞鱼、直布罗陀港乞钱的黑人、红海的日出日落，他满怀温情地把他的所见所闻、所思所想一一倾诉给亲密爱人，把一个浪迹天涯的才子的相思之情展现得淋漓尽致。

读这些情书的时候，我蓦然想起了钱锺书先生的《围城》，开篇的一幕也是写一艘法国邮船，不同的是那是艘归国的邮船。钱先生在写到船抵西贡时，有这样几句极精彩的话："不日到西贡，适是法国船一路走来第一个可夸傲的本国殖民地，船上的法国人像狗望见了家，气势顿长，举动和声音也高亢好些。"钱先生与严先生一样，有乘邮船负笈海外求学的经历，所以他们在写到邮船时是满怀感情的。

读罢《法兰西情书》，我很怅然。我想，在交通和通信业极其发达的今天，这样的文字是不可能再有了。首先，航空业的崛起使地域的距离感消失了，如今去一次法国，经过十个小时的飞行就足够了。其次，电信、网络以及电视就像一张巨大的网，人们把整个世界都罩在股掌之中，世间万事万物的风云变幻，马上就会经它们反映出来。我们能在第一时间看到"九一一"事件和伊拉克战争的现场直播画面，它给我们带来了最直接的视觉冲击和情感震荡，让我们领略了什么是恐怖、残忍。可是我们明明仿佛身临其境看到的这一切，却很快像烟火一样消失在记忆中，它甚至不如我们对一张诺曼底登陆的老照片记得那么真切。我们在极其便利地获得这一切

"资源"的同时，对它的忆念也在减弱。情人间纸上的絮语已经化作电话中的喃喃细语，那种真正的牵肠挂肚和彻骨的思念之情，也由于这"唾手可得"的问候而减去了几分浪漫之气。如今很少有人用信件传递感情了，所以当代绝对不会再有鲁迅与许广平的"两地书"，不会有沈从文写给三三的那些比散文还要优美的情书。当然，也不会有严济慈先生和钱锺书先生对邮船的那种带着闲适之情的描述了。

那种曾笼罩着我们生活的邮车离我们远去了。有谁还能记得人们盼望邮车的那种充满了渴望和期待的眼神呢？当我们在空中飞越万水千山时，也在无形中遗失了与山相拥的浪漫和遐思，遗失了驻足水畔思念恋人的那如水的缠绵。

（发表于《明报月刊》二〇〇四年第六期）

不学礼，无以立

柏杨 / 文

> > >

　　《论语》上有一则故事，孔丘先生警告儿子孔鲤说："如果不学《礼》的话，是没有办法在社会上立足的。"这个故事指出了孔丘先生眼中"礼"的重要。

　　两千多年来，"礼"的种种规定成为儒家系统的中心思想信仰，并且化成风俗习惯。看《水浒传》或者其他的传统小说，常常会发现一声断喝："不得无礼！"或一声大喝："无礼至极！"于是乎手起刀落，人头滚地。"无礼"在中国传统文化中曾发生很大的吓阻作用，演变成只问当时行为的是非，而不问程序的正义。"礼"

不仅是行为规范，而且是行事的指标，但因为长年累月的"僵化"，反而被掌权者巧妙运用，"礼"遂变成禁锢无力反抗者的铁牢，是擒拿弱势者的钢钳，历史上多少冤狱由此构成。

如今我们在自由、民主的号召下，社会却走到另外一个极端，旧的"礼"被抛弃得一干二净。我二十几岁的时候，也就是二十世纪四十年代，有一个弑父的逆子被判绞刑，全县轰动，议论纷纷，归结到一个标准：人不可以杀亲生父母。逆子判死刑的固然有，但精神异常或其他理由仅判几年徒刑的，也不在少数。

"礼"所规定的人伦行为法则已经泯灭，法律在钱权交集下，公正的丧亡使人捶胸。整个社会可以随意侮辱谩骂别人，理由是：我们现在是民主社会。用孔丘先生的话来说，我们现在是在一个"无礼"的社会里面手足失措。有人会制造假的证据、证人，更会流涕哭泣，将"假"表演得跟"真"的一样。最近台北市有一位议员，他在这方面的动作使我们吃惊——他承认他暴露台北殡葬业把祭拜死人的食品转卖给餐饮店营业牟利的证据都是假的。从执法到民意机构，对此，我们都有一种茫茫然之感，觉得这个世界在天摇地动，有人在欺负我们小民，但我们除吓了一跳或两跳外，别无他法。

"礼"必须建立在信实的基础上，并且要靠法来执行。孔丘先生的话提醒我们"礼"的意义和功能。"礼"最深层的基础就是内心法则、内在秩序。每个人应该站在"礼"规定他应该站的岗位上，说"礼"规定他应该说的话。美国是一个自由法治的国家，从新闻媒体上，我们也看到假借"礼"执法过度的警察凌虐嫌疑犯的情形，可见天下人性的黑暗面是一体的。时不分古今，地不分中外，"礼"的失序反映到各个角落，深入在每个家庭。

在万马奔腾的社会中，"礼"是一种秘密武器，一旦闪失，势必造成混乱，甚至全军覆没。现代社会流行企业管理，在商业挂帅的时代，人际关系紧张，但人与人之间仍须有一定的相处规则。主管与下属、部门员工之间，更必须有运作机制才能创造双赢局面，这就是新时代之新的"礼"。

（发表于《明报月刊》二〇〇五年第八期）

望"猫"止渴

阿浓 / 文

> > >

童年在乡间养过两次猫。

冬夜苦寒,大床上爸妈睡一头,我睡另一头,可能仍有一两只蚊子叮人,又怕蜘蛛、蜥蜴从什么地方爬上来,于是长年挂着蚊帐。

到大家睡着了,我耳边便响起咕噜的声音,蚊帐外的猫儿阿黄示意要进来与我同睡,而这正是爸妈不许的。

我悄悄掀起蚊帐一角,它立即偷渡,钻进我的被窝,睡在我怀里。咕噜的声音越发大了,这就可能被爸妈发觉,把它抛出帐外。但很快它的咕噜声又会在我耳边响起。

记忆中另一只猫叫小花，黑白纹的，十分贪玩。放学后常有几个同学到我家门前跟它一起戏耍。有一回忽然不见了它，我怀疑被其中一个同学偷去，悄悄到他家门外细听，果然隐约听到猫叫。我拍门，同学开门一见是我登时呆了。我见到小花被一条细绳绑在一根柱子上。记得那时候我正在看《福尔摩斯探案》。

自乡间抵港后也养过猫，记得它坐在书桌上看我写稿，偶然伸出爪来抓抓我摇动的笔杆，婚后没养新猫，女主人不同意猫儿进屋，理由是麻烦和不洁。我最小的儿子和邻家最小的儿子曾共同在天台水箱底饲养一只小黄猫。那时中国香港也有成千上万的人在天台阶建的住所里僭居。

我退休后移居温哥华，见这里的猫儿都比香港的大，连毛瓜也大得像冬瓜，葱的个子是香港的四五倍，加拿大的"大"字真的没译错。动物如松鼠、乌鸦、海鸥和鹅都不大怕人，猫也一样，晚上散步时，人家前园徜徉的猫见我们经过，也会迎上来在你腿上厮磨一番，老伴对此殊不抗拒。她并不憎厌猫儿，反对饲养纯粹是一种主妇角度。

编书大家陈子善编了一本《猫啊，猫》，在书展中我一眼见到便拿住不放，一因猫，二因陈子善。他在序言中说是"自己颇为得意也格外看重的一部书"。书中写人猫情的作家真不少：郑振铎、苏雪林、夏丏尊、靳以、丰子恺、梁实秋、席慕蓉、杨绛、季羡林、西西、徐志摩、周作人、许地山、老舍、冰心、刘心武……却都是哀伤、遗憾结局的多。老伴反对养猫又似乎是明智之举。

前辈女作家沙千梦的女儿黄百合知道我爱猫，说早晚弄一只来放在我家门口。她说人生苦短，以我的年龄不该再那么"节制"。当然我心里是同意她的。

附近商场有一家宠物店，偶尔有小猫出售，价格在加币二百元左右，还未计税，不能说是便宜，但每次都很快售出。养猫的铁笼就放在店门外面，经过的老老少少都会蹲下来逗引它们一番，其中一个是我。

陈子善说："如果你能与猫亲密共处，也许你就懂得了爱，懂得了理解，懂得了尊重，懂得了同情，懂得了宽容……"或许我既然已经懂得这些，养猫的事无妨随缘，暂且望"猫"止渴吧。

Chapter 3

我们终将与最好的自己相遇

人类是根据记忆在生存着、活动着，
人的各种不同和记忆织成了历史的"同一事件"，
那"同一"到底有多少真实呢？

昔阳感觉

二月河 / 文

> > >

昔阳有什么？有土山坡、石山坡，有酸枣树，有窑洞——和延安的窑洞差不多吧。有一座"浮山"，据说是女娲炼石补天的地儿，爸爸说那里的石头像泡沫块儿，很轻，扔在河里能漂起来——我的臆测那极可能是喷过岩浆的火山，岩浆的泡沫凝固了大约就是这样；妈妈说，昔阳的玉茭、小米、黄米、酸菜、莜面、荞麦、山药蛋……她不说白面，昔阳没有小麦。每到过年爷爷会从城里带回一个红薯，是河南产的——切开了蒸熟，一段一段分给家人，每人一段……这也是爸爸说的。没有感觉有印象，昔阳是个苦寒地，二十世纪六十年代前"什么也没有"。

今年暑期回了一趟老家，找到了一些"昔阳感觉"。我说"一些"是因为只住了两天，很浮漂。或许连"一些"这样的词也是夸张的吧！这里似乎还是玉茭的天下，间或有一片又一片不甚连贯的黄豆，几乎不见别的庄稼，通连山冈坡地的、绿汪汪的是极目不能收揽的青纱帐。父亲和日本人打游击最喜欢它：鬼子来了，一钻进去就没事了。

我的堂弟晋平陪我转悠，我问他："现在还吃玉茭面？"他一听就笑了："现在谁还吃这个？都用来作饲料。"但我知道外地人还是吃这玩意儿，因为它营养价值高。昔阳人大概不吃了？爷爷一段一段分给家人享用的红薯，我晓得有些河南人是不吃它的，因为"吃够了"，吃得胃受不了，吃得"醋心"闻薯即厌。昔阳人大约也是吃够了玉茭面。人哪，其实是没有什么想吃什么，什么东西吃多了，肯定反胃。玉米地沿则是结着青豆一样的酸枣树，这叫"棘"，我写《康熙大帝》时具备了这个知识，是旧时代学子考场周匝防护的专用树种，现在人们知道它的营养价值，用来做"酸枣面"卖钱了。

妄想"悄没声"地离开……

我已是四十余年没回昔阳老家了。这次归乡，原想悄没声地串一串就走。我觉得尽管我已定居南阳，但血管里流的还是昔阳的血。一个人倘毫无成就，会有羞见祖宗的心理；有了点名声，张张扬扬

204

地"荣归",又大有"沐猴而冠"的嫌疑。

前年到洪洞,见到我"凌"氏(二月河姓凌名解放)牌位,我跪下磕头。同行朋友说:"二月河,你还磕头?"我说:"我给我的祖宗磕头,天经地义的事!"无论如何,肯定得回李家庄,回昔阳正是七月十五,是祭阴的正日子,肯定得去祠堂给祖宗磕头,肯定得到爷爷、伯父的坟上烧点纸钱。我六十多岁的人了,又有许多毛病,万一哪天"睚屁朝天"了,这是多大的遗憾呀!但我"悄没声"的想法原是妄想。因为村上的老少爷们儿看电视,都认得我,从爷爷辈到孙子辈没有人没见过我"光辉形象"的。"解放回来了"是个村级大新闻消息,根本不可能暗箱操作。车还没进村,我已经瞧见房荫下、院墙旁、路边土坎儿上,男女老幼一群一伙散乱坐立,看我的人已聚起在那里,拜祠堂、上坟地……一走路一路合十作揖,寒暄、打拱。累是有点儿,心里头亲。他们和我不熟悉,但他们叫得出我父亲的小名"文明",二月河这儿有个名字叫"凌振江",是"大先生的曾孙"。这些事让人想起来就觉得心里……

吃拉面要到山西

这样的温热和天气一样让人出汗。但晋平他们还觉得不够,为了让我"回家吃顿饭",竟差点和县里的朋友闹别扭。到吃的时候我才知道，玉米还是要吃的，调糊涂"一抿，一蘸，忽登一咽"，里头有玉荽、老玉米、黄瓜、家种的鲜桃——还有拉面——顺便说一句，这种面不要到外地吃。中央电视台那年春节晚会表演的拉面技术，全国的拉面都拉得比头发丝儿还细，那真的是把面的魂都拉没了，面到嘴里舌头一抿就成泥了——吃拉面要到山西，到昔阳你敢情试试看，羊肉臊子加红椒我吃了一海碗，糖尿病？回去吃药，下不为例了。其实在县里也差不多，孟书记请我吃家乡饭莜面、荞麦面、"漂抿面"……不能再说这个话题了，血糖高者不宜。

最美故乡水，最亲故乡人

连同这一次回昔阳共是四次了，上次是红卫兵串联，我是从阳泉下车，途经平定，一路步行到锁簧，从北南沟到安阳沟一路步行。昔阳人叫"步偏"，不知这个"偏"字用得对不对！反正是走回去的。一律都是土路加着料姜石，也能走汽车，那颠簸得叫人五脏六腑都会呕吐出来，这次看是全然认不出旧道来了，我在北京吃顿饭，来回路上走了四个小时。现在从平定到大寨旅行社只用了半个多钟头。孟书记叫孟希雄，用田永清的话来说叫"极端热情"，他没有说他的政绩，几乎不停地在侃他的项目计划和实施后的效益、侃文化开发！我觉得他有点孩子气的天真，把我看成是嫁出去的女儿回了娘家，他是娘家人那个样子分说家常，还让他的宣传部长带我到昔阳中学作了一个演讲——我看这样的设备与教学质量的中学，全国也只能掰着指头去数了。

美不美？故乡水！亲不亲？故乡人。

记　忆

李泽厚／文

> > >

　　记忆本是件奇妙的事。脑科学至今对之仍所知极少，据说现在大致可以论断少年早期和成年晚期的记忆分别储存在脑的不同部位，怪不得老年记忆甚差而年轻往事却可以依然在目。但即使少年记忆，似乎国人还可以分出一些不同的类型来。我上初中时，一个早晨能够背熟好几篇古文以对付考试，但过几天便忘得干干净净；一个同班同学恰好相反，他背熟一篇要费很大气力，花好几个早晨，但考试以后很久，甚至好多年之后，仍然可以一字不忘。这使得我非常羡慕，且因而感慨系之：我那快速记忆并没多大好处，曾经读过、背过那么多的诗词文章，如今在记忆中只剩下一点点残篇断句。

这是就记忆和遗忘的快慢而言，若就记忆对象而言，人也颇不同。好些人对人的形象记忆很强，见一次面就"过目不忘"。而我对人特别是人的面孔却一点也记不住。我和好些人见过多次面，甚至一起吃过饭、聊过天，只要稍隔一段时间，便不记得了。我很难将人的面孔与他（她）的姓名联系起来，这经常弄得我非常尴尬和狼狈。好些时候常常是假装认识，一直寒暄好一阵后，才终于断定这是某某，才能放下心来交谈。也因为记不住面孔，从而也常对人不打招呼，对方总以为我如此傲慢，简直岂有此理，他（她）哪里知道我就是说不上他（她）是谁，总以为是不认识的人。自然，这一切对我相当不利，我也因之更怕认识人，但越不见人，越难锻炼记人的本领。于是，恶性循环，冉冉至老。

关于记忆，可说的实在不少，使我最惊异的是，有些记忆，我始终搞不明白，到底是真是幻，是真正发生过的情景、事实，还是某种梦境残留。例如，明明很清楚一个薄雾的早晨，暮春时分，我（十二岁？）站在一处青绿树丛中，母亲在叫我，有那样一种平静清新的愉快心绪。在我记忆中，这是少时随家在旅途中临时路过某地的情景，但何时、何地、前因后果，却一点也想不起来。想了多次，毫无结果。于是它就好像是根本并不曾发生过的梦境，它到底是真是幻，我至今不能确定。另一个记忆则与之恰好相反，是二十几岁了，情景也是旅途，好像是哪一次从乡下下放回来，一大堆人临时住在某城市（北京？）一处大房间里，好像在等待着再次开拔或分配，记忆中那是一种没有着落的沉重心绪。情景异常清晰，但仔细回想，并没有这件事，每次下放回来都没出现过这种场景和情况。那它应该是属于梦境或幻象了，但我总感觉它是真实发生过或存在过的。它到底是真是幻，我至今也不敢完全确认。我常常想，我这一生经历非常简单，过的几乎是二十年如一日的刻板生活，但居然还会生发出这种种真幻难辨、如此混同的记忆，我真不知道那些生活经历丰富多样，而其真境和梦境也一定会极为多样丰富的人会怎样。特别是如果凭个人记忆写历史的话，这如真似幻的情景、故事又会如何交织混合。

人类是历史地存在着，也即是说，是根据记忆在生存着、活动着，人的各种不同和记忆织成了历史的"同一事件"，那"同一"到底有多少真实呢？难道，人本就生活在这真幻参半的人世记忆中？也许，这只与我个人的记忆能力有关，是某种无事生非，但我总觉得，这是一个值得琢磨的有趣问题。

有福气的人才读到神话

柏杨 / 文

> > >

　　科技给我们开拓另一个想象空间，但先人留下的神话，可能更凸显人性的幽微。

　　每一个民族都有自己的神话，就像每个孩子都曾向妈妈提出过一个问题："我从哪里来的？"妈妈给孩子的答案尽管不同，可是背后的事实只有一个。而神话的构成，比妈妈答复孩子问题的空间要大到无限。正因为如此，神话作为一个民族想象力的呈现，往往取决于这个民族的 DNA，就好像什么样的土壤会决定生长出什么样的树、开什么样的花、结什么样的果一样。天地太神奇，宇宙无限奥妙。神话，是这块神秘大地孕育出来的奇葩；神话，是人类对于威力无穷的大自然赋予我们神奇现象的自我诠释与理解，也是人类思考人生观的形象化。

西方人的神话不但展现了西方的文化，更具体展示在他们的文学、艺术、音乐、建筑上。基督教及《圣经》的关系亦一样，神话构成他们文化的根基。在这些西方神话的丰富想象中，英雄、美人的高贵浪漫行径；英雄被迫害、美女落难在劫难逃的命运，都曾经多么激发过我渴望追求理想的青春的心。这些曲折离奇、惊险跌宕的故事情节，在二十世纪五十年代我开始摸索写作时，简直是令我最兴奋的写作激素之一。

我来自穷乡僻壤的河南乡下，在没有受正规教育的孩提时期，只能听到姑姑、阿姨说的口耳相传的神仙故事，什么九天玄女的神秘治疗能力、阎王爷惩罚坏人的地狱酷刑……还真没听过英俊男子、婀娜仙女的浪漫恋爱。后来听说到《封神演义》里的人物，例如姜子牙辅佐周武王成就王业、大封三山五岳及群星列宿众神，乃至日后读到的后羿射日、嫦娥奔月、哪吒剔骨还肉于父母……发现我国的神话，无论在质和量上都无法和西方的神话相比。若论文字书写，如以《荷马史诗》为确有其人与其著而论，《封神演义》的写作也远远落后了西方至少二千三百年。而我最痛心的是《封神演义》里的人物，往往和权势阶级挂钩，姜子牙甚至因为辅佐君王有功才有资格封神、修成正果，这真是最令我觉得煞风景的情节。

中西方的神话虽然都经过口说耳传的阶段，对后世文化影响的程度却十分悬殊。我常常把这个现象解答于儒家的不语怪力乱神而只注重升官发财、成就人间富贵的实用哲学。这一个方向的引导，使我们民族的思考力受限为单调的一元。面对人性复杂而多层次的各种现象，往往用善恶两极的二分法来解释，不但简化到枯燥的地步，从教化的功能来讲，也缺乏说服人心的力量。

　　二十世纪五十年代我已来台，当时是中国台湾典型的文化沙漠时期，日据时代留下来的写作精英，在时代的夹缝里不是因为政治的因素而被折损，就是因为日本殖民时代普遍施行日语教育而使华文文学界仍是一片荒芜。尤其那时中国台湾实施思想言论钳制，西方的思潮接触不易，中国大陆作家的作品，例如鲁迅的《故事新编》不但列为禁书，一旦被发现私藏，还会被冠上"匪谍"，甚至会遭到判死刑的命运。

　　今天资讯发达，阅读可以无远弗届，科技给我们开拓另一个想象空间，人可以用数码、纳米虚拟许多曲折离奇的故事，但先人留下的神话，可能更凸显人性的幽微，所以我说："有福气的人才读到神话。"

（发表于《明报月刊》二〇〇五年第六期）

我是中国人

韩应飞 / 文

> > >

　　不久前，在日本一所私立大学的课堂上，一位日本女学生善意地对我说："老师，您最喜欢的一句话是什么？您能用汉语说给我们听吗？"我从来没有想过自己最喜欢的一句话是什么，所以我一下子竟答不上来。三十多个学生看着我，提问的那个学生更是用期待的目光看着我。我只好说，让我想想。我想了大约一分钟的时间。然后，我对大家说，我最喜欢的一句话是："我是中国人。"我用日语解释了其意思，又将这句话写在黑板上，并再一次念给他们听。

　　事情已过了一段时间，但我常常想起那时的情景。我想起提问的学生在听了我的回答后，以很认真的神情说："谢谢！"

可以想象，提问的学生一定是想知道我自勉的格言、我的座右铭，或者是反映我人生准则及世界观的一句我喜欢的伟大人物的名言。但是，我的回答仅仅是道出了一个事实。然而，这个事实是我极为看重的。而且，我认定今后的人生之路将主要围绕着这一基本事实延伸下去。因此，对我来说，"我是中国人"这句话比我喜欢的任何格言警句都更能准确地反映我的现在和未来。

回想起来，我大学时第一外语为日语，大学本科和硕士研究生的毕业论文都是关于日本经济的论题。一九九三年我来到日本后，曾经想过在适当的时候申请加入日本国籍的事。然而，我的想法不坚定。大概还不到两年，我就彻底打消了加入日本国籍的想法。我觉得，我不是日本人，我要日本国籍干什么？曾记得，一九九六年在日本的国立大学读硕士学位时，和一个韩国籍老师讨论过外国人在日本的处境等问题。我告诉他，我二十八岁来日本，既有的价值观已经不可改变了，即使我加入了日本国籍，在骨髓里也依然是一个中国人，所以，我不会加入日本国籍的。韩国老师表示尊重我的想法，但他说，不入日籍的话，在日本工作、生活，为日本社会做贡献、交税，就不能享有与日本人同等的权利，所以，应该加入日本国籍。他认为，既然要长期在日本生活，那就只有加入了日本国籍，才能有力地主张自己的权利。

自那以后，已过去十多年。我依然清晰地记得韩国籍老师说话时的认真和有逻辑的表达。我承认他的主张有一定的道理。然而，我还是不能改变自己的想法。我的想法与其说是基于理性思维，不如说是出于强烈的情感。近几年，有私交很好的朋友劝我，不加入日籍，但可以申请永住资格（相当于美国的绿卡）。但我却依然是每隔三年去申请延长工作签证。朋友说，即使你将来回国也没关系，永住资格来去自由，很方便。我感谢朋友的关心，但我说，如果哪天我回国了，我就再不会来到日本了。朋友又说，这说不准，人生当中有很多机会和选择嘛。我回答，我一旦离开日本，不仅不打算再踏上日本的土地，而且在中国也将不再使用日语，我相信我不用日语也能找到工作。

我不是和任何人赌气，我觉得不放弃中国国籍，是不需要有什么逻辑证明的结论。我就是中国人，这是我人生中的一个最基本的事实。我怎么会变成日本人呢？我根本就不是日本人！

无独有偶。去年十二月，在从东京飞往北京的飞机上，邻座的一位大姐竟然与我的想法极为一致。这位大姐曾是知识青年，上山下乡后，考上北京邮电学院，二十多年前来到日本。谈到加入日本国籍和申请永住资格的事，她说："我想都不想。"我说，我也一样，我总觉得，我为什么要加入日本国籍呢？我还说，有朋友说，至少申请了永住资格，省得三年一次去日本入国管理局，省不少时间，也省钱、省麻烦。这位大姐说，那点儿时间、那点儿钱、那点儿麻烦，算什么？！我也道出了自己的心境：算什么呢？

对，我不申请加入日本国籍，也不申请永住资格，这不需要论证，不需要分析，也不需要再三斟酌其利弊。我是中国人。我看重这一基本事实。还有，我的姓，也是不能改变的。那是与生俱来的。名可以改，但改的话，只是想加入我母亲的姓。

（发表于《明报月刊》二〇〇七年第九期）

用地毯来记忆

张晓风 / 文

> > >

世界上大大小小的城市好歹都有个机场，机场或漂亮、或壮观、或管理井然、或豪华气盛，或因创意涌现而风情万种，或如三家村野店质朴无华，无不一一令人印象深刻。毕竟，那是我们"初履贵宝地"的第一印象。

但我独对中国香港机场难忘。

香港机场建在大屿山，称为山，其实是一座小岛，兴建的时期是英国统治的末年。大英帝国毕竟有世家子的气度，殖民一场，大家好聚好散，机场算是他们送给分手情人的精品礼物，用以永志高谊。

机场外观之简明利落或视线之平远壮阔都不在话下，但每次到港令我乍然一惊的其实是机场的地毯。地毯又有什么稀奇？其图案也只不过是浅灰、深灰加上浅米和宝蓝交错成的小格子，非常非常不引人注意。

但我每次经过香港机场，看到那片地毯上的图案，都勾起内心极大的震撼。我试着问其他香港朋友或台湾朋友，问他们这些小方格有没有令他们震撼，他们都说没什么，他们看这片地毯就只是地毯罢了。

这件事，当然一时也没什么公理可言，我只好试着把自己假想成地毯图案的原始设计者（我无缘得识此人，有读者可以帮我找到此人吗），下面是我假拟的"设计构想"之说明：

我很荣幸向你们提出我对香港机场的地毯图案的基本想法。

我的想法是："想让香港成为一个有记忆的城市。"

中国香港为什么要成为一个有记忆的城市呢？那是因为这个城市的记忆是值得自豪的。

百年前的人都死了，那些满洲大官和英国皇族的协商，昔日的战争和胜负、谈判和国际冷暖，百年来都由这个城市承受了。但这个当年小小的多岩岬的温暖渔港，后来却成为美丽光灿的东方明珠。

曾经，如果你问当年中国大陆八亿人民，天堂的位置在哪里？他们必定会众口一词地告诉你，天堂在中国香港。

这样的地方其实并不是天堂，它只是几百万噍类长期经之营之的家园。在这里没有祖国，却有道统；没有一代宗师，却有井然管理。

在这里，每一个人都想死了赚钱，但绝大部分的市民，赚的其实只是血汗钱。或如阿婆在传统街市卖着一小盘一小盘的猪肠粉，下铺薄纸一张，算是卫生措施。或如小杂货店里卖一串金黄色的剥好的新会橙皮（新会，这是梁启超的故乡，当地出产的小橙，直径只有四五厘米，皮芳香，比较贵，橙肉不太好吃，反可以便宜购得），或如车衣厂中的女工没日没夜地赶工……

曾经，在香港这个地方，包括旧日的启德机场和一般写字楼，地上铺的都是一寸见方的人称马赛克的小块瓷砖。它便宜、耐磨、耐空气中的盐分，也不怕潮湿，它是香港早期建材中的主角，虽然，它看来并不是那么尊贵。

有一天，如果你有幸站在大屿山香港国际机场，一眼望去，全是那盖地而来的地毯。奇怪的是，你会发觉我用的虽是柔软的纤维材质，图案看起来却分明希望让人想起二十世纪五十年代的那硬硬的、耐用的马赛克小瓷砖，我想用地毯上的小瓷砖图形来记忆。记忆一段艰困、清贫、务实、赤手拼搏的光荣年代，并且记忆汗水、泪水，记忆爱。

对，我是这样来替我所不认识的设计者转述了他的设计理念，我也试图为万千旅客解读香港机场地毯上的瓷砖图案。

忆 长 沙

李泽厚 / 文

> > >

今天，我再也看不到那万山红遍的杜鹃花了，我大概也很难常回去了。但我仍将深爱着长沙的林林总总：美人、壮士、奇才、豪客。

在异域异常寂寞，更难得有来自家乡的音信。今天早晨，突然接到并不相识、自称小刘的充满乡音的电话，顿时极感亲切。而对他要求作序的事，竟也未能按往常惯例，一口回绝。何况人家说得那么诚恳谦虚。

要我作序的是一本有关长沙的诗文书法。我虽是长沙人，对此想来想去却想不出什么可以说的。当然，我至今还想念长沙，还鲜明记得从一九四六年至一九四八年经常由左家垅渡河到长沙市的好些情景：黄昏日暮，坐一苇摆渡，风起时随大浪浮沉起伏摄人心魂，和饿着肚皮站在书店看书一整天……

当时，是在第一师范读书，醉心于《西行漫记》《历史哲学教程》之类的书，自以为革命正宗，根本瞧不起储安平和《观察》。但尽管思想激进，自己的"小资"情感却仍然非常浓厚，有着各种各样朦胧的憧憬和期待，期待着钟情、恋爱、欢欣……可又什么也没真正发生和得到。回想起来，自己在这方面的胆量实在太小。如今时过境迁，人不我待，也莫由追悔，无可如何了。

长沙，那教育会坪，那文通街口，那国货陈列馆，那银星电影院，那九十年代我两次回长沙寻找过的旧石板路，那"淡淡的三月天，杜鹃花开在山坡上，杜鹃花开在小溪旁"的歌声，它们伴随着那时的艰难岁月，将永远留在我的记忆中，给我以温柔和慰藉、苍凉和感伤。

记得还是抗战胜利前，一位并不熟悉以至于姓名全忘的年轻人，曾向我出示过自己的一首词作书法，开头那句是"任胡骑饮马大江边，国破不堪羞……"当时认为非常豪放，便记诵下来了。它使我想起长沙大火和会战。

长沙，这不断离我远去又如此亲切的故乡。今天，我再也看不到那万山红遍的杜鹃花了，我大概也很难常回去了。但我仍将深爱着长沙的林林总总：美人、壮士、奇才、豪客，自然也该会喜欢这些尚未见到的诗文墨宝。

就此住笔。是不可以为序，是不足以为序，是为序。

洞

苏童 / 文

> > >

　　沿着河沟向前走，我看见了螃蟹和水蛇的居所。它们的居所坐落在沟堤局促的斜面上，是一些散乱的粗糙的洞，螃蟹洞略大一些，有一拳之径，水蛇洞则小得令人惊叹，水蛇为自己建造了如此袖珍的家，你不得不承认人们所说的水蛇腰是世界上最细的腰。我弯着腰打量着那些洞，始终摆脱不了一个念头，我想知道洞的内部是不是大一些，我想用手伸进螃蟹洞里试一试，但我不知道螃蟹是否在家，我害怕它的两个大钳子，更害怕洞内那个幽暗的神秘的世界。我记得自己在童年时代是多么胆小和保守，在最恰当的年龄、最恰当的地点，我竟然放弃了探索洞穴世界的努力。

我见过更大、更壮观的洞。在中国的南方，凡是具备石灰岩地貌的崇山峻岭，几乎都有或大或小的溶洞，有的洞被开发了，成为当地的旅游资源，那些地下河和千姿百态的钟乳石出现在印刷精美的画册上，呼唤着热衷于旅行探幽的人们，别有洞天！别有洞天！人们对洞的好奇仿佛光明对于黑暗的兴趣，他们乘船穿越地下河，抬头仰望洞天世界，在导游的提醒和指点下，看见了无数神仙侠客、妖魔鬼怪，它们或者在空旷的石灰岩坡上足生莲花，或者青面獠牙倒挂在洞顶岩壁上——当然，都是由石笋、石柱扮演的角色，它们完成这些角色也得到了灯光和化妆的帮助。值得深思的是和平年代人们对洞的处置方法，他们如今把这些隐秘幽暗的地下世界作为一部神话小说供人消遣；而在遥远的战争年代，在不太遥远的冷战时期，人们对洞充满了敬意。那是洞的纪年中最辉煌的岁月，人们对洞的敬意绝不仅是对一个躲避战火的地点的敬意。如果说人们把大地的怀抱视若母亲的怀抱，他们对洞的感念之情则接近对外婆庇护多年的回报。这很自然，大地也有母亲，大地的母亲就是我这里论及的洞——就像我多年以前去过的燕山深处的一个村子，村子里的人把山坡上唯一的山洞称为姥姥洞。

阴暗潮湿的洞穴一直准备着，准备拯救阳光世界里的人，就像南斯拉夫导演库斯图里卡（Emir Kusturica）的电影 *Underground* 中所描述的那个洞，那个神奇的、宽广的地下世界，它成为战争中人们的最好家园。逃入地下的快乐和自由比退避三舍所包含的意义要丰富得多，有趣得多。那个智慧的导演在这部电影中向我们展示了洞或者地下世界的使命和责任，洞的仁慈使它接纳了所有需要逃避的人，革命者、商人、妓女、孩子，包括猩猩、老虎和鹦鹉这些动物。洞中一日，地上百年，这种说法对地下世界的表达是消极的，而库斯图里卡的不同凡响之处在于他首次消除了人们对地下生活黑暗难耐的印象，他的地下世界人气旺盛，物品充足，美女如云，人欲横流，除了看不见太阳和月亮，简直可谓一个极乐世界。

　　我对洞的幻想从此显得具体而深邃，而且凭借着这份想象，我也变得无所畏惧。这是一件多么奇妙的事情，对于快乐的描述总是使我不知所云，对于恐惧的描述使我更加恐惧，而一个洞穴世界却让我得到了安慰！我不再惧怕，是因为我相信地下有属于我的一个洞，还有一个地下世界，是我的另一个容身之地。

　　库斯图里卡的电影里，地下世界的洞口设在一个骗子家里，我想把自己的洞口安置在一个秘密的地方，不告诉骗子，甚至也不告诉朋友——不告诉任何人。

被　窝

张爱玲 / 文

> > >

连夜抄写了一万多字，这在我是难得的事，因为太疲倦，上床反而睡不着。外面下着雨，已经下了许多天，点点滴滴，歪歪斜斜，像我的抄不完的草稿，写在时事消息油印的反面，黄色油印字迹透过纸背，不论我写的是什么，快乐的、悲哀的，背后永远有那黄阴阴地一行一行；蓝墨水盖它不住——阴凄凄的新闻。

"××秘书长答记者问：户口米不致停止配给，外间所传不确……"黄黯单调的一行一行……滴沥滴沥，嗒啦嗒啦，雨还在下，一阵密，一阵疏，一场空白。霖雨的晚上，黏唧唧的，更觉得被窝的存在。翻个身，是更冷的被窝。外国式的被窝，把毯子底下托了被单，紧紧塞到褥子底下，是非常坚牢的布置，睡相再不好的人也蹬它不开。可是空空荡荡的，面积太大，不容易暖和；热燥起来，又没法子把脚伸出去。中国式的被窝，铺在褥子上面，折成了筒子，焐一会儿就热了，轻便随和，然而不大牢靠，一下子就踢开了。由此可以看出国民性的不同。日本被窝，不能说是"窝"。方方的一块覆在身上，也不叠一叠，再厚些底下也是风飕飕，被面上印着大来大去的鲜丽活泼的图案，根本是一张画，不过下面托了层棉胎。在这样的空气流通的棉被底下做的梦，梦里也不会耽于逸乐，或许梦见隆冬郊外的军事训练。

中国人怕把娇艳的丝质被面弄脏了，四周用被单包过来，草草地缝几针，被面不能下水，而被单随时可以拆下来洗濯，是非常合乎实际的打算。外国人的被单不缝在毯子上，每天铺起床来比较麻烦，但他们洗被单的意思似乎比我们更为坚决明晰，而他们也的确比我们洗得勤些。被单不论中外，都是白色的居多，然而白布是最不罗曼蒂克的东西，至多只能做到一个干净，也还不过是病院的干净，有一点惨戚。淡粉红的就很安乐，淡蓝的看着是最奢侈的白，真正雪雪白，像美国广告里用他们的肥皂粉洗出来的衣裳。

中国人从前，只有小孩子与新嫁娘可以用粉红的被单，其余都是白的。被的一头有时另加上一条白布，叫作"被档头"，可以常常洗，也是偷懒的办法。日本仿佛也有一种"被档头"，却是黑丝绒的长条，头上的油垢在上面擦来擦去，虽然耐脏，看着却有点腻心。天鹅绒这样的东西，因为不是日本固有的织物，他们虽然常常用，却用得并不好。像冬天他们女人和服上加一条深红丝绒的围巾，虽比绒线结的或是毛织品的围巾稍许相称些，仍旧不大好看。

想着也许可以用这作为材料写篇文章，但是一想到文章，心里就急起来，听见隐隐的两声鸡叫，天快亮了，越急越睡不着。我最怕听鸡叫。"明日白露，光阴往来"，那是夜。在黎明的鸡啼里，却是有去无来，有去无来，凄凄地，急急地，淡了下去，没有影子——影子至少还有点颜色。

鸡叫的渐渐多起来，东一处，西一处，却又好些，不那么虚无了。我想，如果把鸡鸣画出来，画面上应当有赭红的天，画幅很长很长，卷起来，一路打开，全是天，悠悠无尽。而在头底下略有一点影影绰绰的城市或是墟落，鸡声从这里出来，蓝色的一缕一缕，颤抖上升，一顿，一顿，方才停了。可是一定要多留点地方，给那深赭红色的天……多多留些地方……这样，我睡着了。

（原载一九四四年十一月十九日《新中国报》副刊《学艺》）·

梦里已知身是客

刘再复 / 文

> > >

每次读李后主的"梦里不知身是客"后，联想到自己，便想改一个字，即改为"梦里已知身是客"。

爱因斯坦在临终之前，嘱咐他的家人在他的墓碑上只要写上"爱因斯坦到过地球一回"。这位伟大的科学家经历了人生之后，只觉得自己曾到地球做了一次客人，过客而已，并不觉得自己做了什么"伟大贡献"，生怕人们忘记他。

大致是受鲁迅"过客"精神的影响，我也早就意识到自己不过是一名匆匆的过客，不知从哪里来，也不知到哪里去，但确知自己是个漂流的过客，连在梦里也知道自己是个客居他乡的路人，从未有过"喧宾夺主"的非分之想。

到美国、到瑞典，担任的是访问学者、客座教授，到中国香港也是客座、客席，我喜欢这种名称，它正好符合我的本分、本色。

十几年前在中国大陆，头顶各种桂冠，难道就不是客人吗？那时我在梦中也觉得是个客人，知道桂冠与躯壳早晚要灰飞烟灭，灵魂早晚要离开这个地方，或二十年后，或四十年后，或六十年后，总是要离开，总要走进已知的坟墓和未知的远方。所谓故乡、故园，也不过是暂时的寄寓之所，所以曹雪芹才告诫人们不要"反认他乡是故乡"。到了香港才一个月，已有好几位朋友问我，以后还回大陆居住吗？我回答说，可能回去，但回去只是客人，即使埋葬在那里，也只是客人，只是来过地球一遭的客人。这虽然没有"主人翁"的思想，不太有出息，但也有好处，这就没有"占有"的欲望，更没有主宰他人的兴趣。当一个过客，还想占山为王、占地为霸吗？当然不会。这才悟到：不想当高楼大厦和其他各种权力大厦的主人，才有自由。倘若连一座小屋也不想占有，就更自由。五年前我的北京小屋被劫走之后，真觉得什么债也不欠，最后的负累也放下，自由多了。虽然从此在故国再也没有安居立足之地，但也不气馁，过客本来就没有立足之地与常住之所。"无立足境，是方干净"，这句禅语，到了此时才算明白。

也许因为确知"梦里已知身是客"，日子便轻松得多。既然是

232

过客，便没有过去的包袱，也没有未来的包袱，时间仿佛只有"现在"维度，最重要的是当下的思想、文字、责任、心灵状态。在《独语天涯》中，我写过这样一段话："时间把所有的人都变成过客，把万物万有包括最辉煌的人生都变成暂时的存在。意识到时间更改一切的力量，人才会认真地抓住现在这一刹那，把现在这一刹那视为唯一的实在，把理想视为延长这一刹那和美化这一刹那的梦。"没有昨天与明天的包袱和顾忌，也就没有那么多世故与心机，该说就说，该笑就笑，该骂就骂，用不着迎合与俯就，用不着和他人争夺鲜花与掌声。客人最知道没有不散的筵席，最知道好就是了，了就是好，最知道此时此刻创造精神价值与享受自由权利的重要。

爱因斯坦最后的遗嘱说明他确切地了解"过客"乃是人的宿命，难怪他生前要说"只追求真理，不占有真理"，也就是说，只管耕耘，不管收获。耕耘属于现在。可见，过客虽然轻松，但并不轻浮。

二〇〇〇年十月四日

未经锤炼，何能坚实？

——说木雕家朱铭

蒋勋 / 文

> > >

一、台湾传统木雕工艺之乡——苗栗

朱铭，一九三八年生于中国台湾省苗栗县通霄镇。

苗栗旧称"猫里社"，原是平埔族的聚落。明末郑成功以后，汉族迁台渐多，台湾原住民族或迁山区，或同化于汉人，苗栗成为客家移民聚居的主要地区。此地开发较晚，原来隶属于新竹县，直到光绪十五年（一八八九年），台湾巡抚刘铭传奏准台湾设省，才将新竹界内中港溪以南划为苗栗县。

通霄是苗栗县滨海的一个小镇，地处南势溪的出口，土地贫瘠，并不繁荣。紧邻通霄西南的三义乡，同属苗栗县境，也是土地浇薄，不宜农牧，大部分居民以木雕为业，使三义乡成为远近驰名的传统木雕艺术中心，直到目前，仍是台湾木雕工艺外销的主要供应地。

二、乡下的牧牛儿

朱铭出生在抗日战争开始的第二年。不久，太平洋战争爆发，沦为日本殖民地的中国台湾，成为美、日军事角逐的焦点。青年被征往南洋充当日军炮灰，死伤无数，台湾本地同胞也饱受轰炸之苦，所罹战祸不亚于中国大陆人民。

一九四四年，战争最惨烈的阶段，朱铭因为家境艰难，中止了他一生仅有的两年学校教育。与大部分乡下儿童一样，虽然只有七岁，已经负担起家计，成为家庭中劳动的一员。

朱铭童年的主要工作是牧牛。牛，成为他此后亲密的生活伙伴。

在台湾，和中国长江以南大部分地区一样，水牛是农家最常见的牲畜。从汉墓壁画中可以看到，当时所蓄养的多为黄牛。唐代的韩滉以画牛闻名，他的《五牛图》画的也都是黄牛。南宋以后，水牛才大量出现在中国的绘画或雕刻中。

朱铭童年好几年的牧牛生活，使他对水牛的造型姿态有了深刻的了解。以后，他大量以水牛为主的杰出作品，反映了他个人的生活体验，而以水牛耕作也是中国广大南方水田地区的共同传统。

三、工艺店的小学徒

一九五二年，朱铭十五岁，受到邻近乡里一般习惯的影响，选择木雕为谋生的行业。他到苗栗镇，拜在宏光轩李金川师傅的门下，做了三年学徒，接受严格的民间传统木雕工艺训练。

唐宋以来，文人艺术壮大，成为主流，逐渐与民间工艺分途。民间艺术师徒相承，虽然形式、技巧渐趋公式化，没有唐以前丰富的现实精神，但仍保持着一贯拙朴、厚实的面貌。

清末变革，使中国延续将近一千年的文人艺术也面临挑战。齐白石便是从民间工艺出发，以民间艺术中丰沛的生命力来复活清末萎弱的文人绘画。齐白石十五岁拜师学雕花工艺，三年出师，长时期从事民间艺术工作。朱铭所走的完全是同样的过程。对于他们两人的成就，这三年民间工艺的训练都是功不可没。

四、从因袭到创作

朱铭出师以后，在苗栗靠木雕工艺生活，他这一时期所雕的都是因袭旧公式、千篇一律的神佛像。

这时候，一九五六年，远在台北学院中的画家以"五月画会"

和"东方画会"为主，大量引介西方现代主义的造型理论，是台湾文艺上全盘西化的重要时刻。当年执大旗的健将，大约都在一九七〇年前后移居欧美，目前留在台湾的几乎绝无仅有了，但他们对台湾的影响却深远巨大。近几年台湾文艺上的"乡土运动"，试图重建民族风格，正是针对前一时期风尚的自然反应。

一九五九年，二十岁刚出头的朱铭，靠外销工艺赚了些钱，见识也提高了，开始厌弃公式化的造型，自己创造新的题材。他第一件尝试的作品是"二十四孝"中的"乳姑不怠"。这件作品虽不是很成功，却预示着一个学徒出身的木雕匠，因为有了创造的意念，要往更高的层次发展了。

一九六一年，新婚的朱铭替蹲在海边通宵玩沙的妻子雕了一座像，定名为"玩沙的女子"。以生活中现实的人物做对象，自然不能再套传统工艺的老模式，朱铭终于结束了他的工艺时代，把内心对新婚妻子的无尽钟爱，形象地刻凿了出来，仿佛要人们一起来赞美这人间朴素、恬静、真挚的情爱。

从一九六一年到一九六七年，有六年之久，作品刚成熟的朱铭，因为生意失败，又中断了他的创作。他和家人离开家乡，到台中县大甲一间木雕外销店工作。老板要求苛刻，工作繁重，朱铭只有一味重复生产劣质的木雕外销品，创作上受了很大的窒碍。

五、到台北去

一九六八年，三十岁出头的朱铭，又攒了少许钱，辞掉了工作，希望重新创作。他从艺术杂志上片断地读到一些台北学院的艺术消息，对那些读来似懂非懂的理论和图片上的抽象造型，有了好奇和向往，便毅然与妻儿到了台北。当时台北雕刻方面主要的活动人物是杨英风，朱铭带着自己的作品，毛遂自荐，拜在杨先生门下，开始了他另一个崭新的创作阶段。

朱铭受到当时台北学院艺术变形抽象观念的影响，创作了与他的前期作风截然相反的作品。这一段时期，他的作品虽然并不成功，但是抽象造型的观念，拓宽了他民间工艺公式化的狭窄视野。此后，他所努力的，就是在民间工艺的公式化和西方现代造型过分主观的极端之间，求取平衡，糅合两者的长处。朱铭的努力，不但使他成为近三十年来台湾最优秀的艺术家之一，也替中国目前西方学院艺术与民族传统艺术的结合展示了一个乐观的前景。

六、同心协力

一九七〇年以后，朱铭用圆雕与浮雕相糅合的技法，创造了不少优秀作品。他早年的民间工艺训练，使他的作品一直倾向于浮雕或高浮雕，并非立体的圆雕。基本上，中国的雕或塑，由于配合建筑形式的关系，大多数不是背面靠墙壁，就是根本刻凿在山壁上，只具备造型的三面。朱铭受西方雕刻影响以后，开始注意圆雕的立体性，但仍然保留中国雕塑的特色，在他处理人脸的眉眼细部或衣纹、纽扣时，常常袭用传统线刻浮雕的技法。

这时期朱铭喜用质地坚实紧密的黄木做材料，刀痕大量留在造型上，给人的感觉不再是木的松，而是坚石或钢铁的凝重。

一九七五年，朱铭创作了他这一阶段最出色的作品《牛车》，他也称之为《同心协力》。

这件作品描写人和牛努力合作，把负压着重木的板车推上斜坡去。全部以樟木雕成，造型表面保留的刀痕和被撕扯开的木纹材质，仿佛是牛身上干结在皮毛上的泥块，使主题内在的潜力扩张开来。

造型上，朱铭发挥了他卓越的敏感力。整件作品 75 厘米长，75 厘米高，主要的视觉从后边推车一人的脚跟开始，向左边上升到板车顶上堆得最高的一块巨木的顶端，再向下斜降到因为用力而低垂得和地面接触的牛头，整个形成一道近于半圆的抛物线（BA）。抛物线隐含的实体是一个三角形（BCA），这是最能传达"重压感"的几何形状，朱铭使我们强烈地感觉巨木的重、工作的负担。然而，这重量、这负担，却又因为在抛物线向前流动的暗示下，说服我们要相信，人和牛有能力把这沉重的负荷推送上坡。此外，左端向上斜升的地面（DA）和向下斜降的牛颈线条向一点（A）集中，给整个作品一个非常确定的方向暗示，这些都帮助我们一次又一次地从作品中感觉到劳动者辛勤、顽强而乐观的精神。那是朱铭自己，也是中国人民百世不移的品质。

十六世纪，意大利的米开朗琪罗结合希腊英雄主义和新柏拉图哲学的理想色彩，创造了浪漫的英雄形象，正如米开朗琪罗所说："艺术天生是贵族的！"他的英雄，都似烈焰一般熊熊燃烧，使人不能逼视。来自台湾乡间的朱铭则为广大的群众生活造型，刻画劳动者内在的顽强乐观。他的作品传给我们如土地一样可亲的东西，这里面没有英雄的倨傲，没有天才的不驯，而有无限的谦和、宽大与勤奋。

七、不断突破与超越自己

一九七六年三月，朱铭在台北举行了第一次个展，得到空前成功。三十年来，台湾的艺术界活动，很少能像这次展览那样引起艺术圈以外一般人的注意。朱铭没有学院的束缚，加上民间的厚实基础，使他的作品能以朴实的面目与大众相见。大众不必经由深奥晦涩的艺术理论，很容易就从作品的本身得到了感动。在现代艺术愈加专业化、与大众生活脱节的情形下，朱铭的成功是突破艺术窄小视野的可贵经验。

朱铭第一次个展成功，使他不断被大众传播介绍，一年中得了无数奖，家里忽然挤满了访客，其中不乏台湾十分活跃知名的艺术家或学者，生活秩序和内容都起了极大变化。在穷苦的乡间生长，没有学校教育的背景，朱铭一直用他乡下人的本色来生活，那种质朴、憨厚、亲切而不做作的性格，与他的作品是完全相合的。但是，此后生活中接触的人，不再是他早年一起当学徒的师兄弟、在一起喝酒讲粗话亲如手足的童年伙伴，而是与他的出身背景都十分不同的知识分子。不断要求超越自己的朱铭，开始学习他们的语言，学习他们的生活方式，学习他们的价值标准，他的生活和创作都发生了变化。

一九七六年，朱铭去了欧洲，走前我们送他，在一起喝酒，他有点醉了，举着酒杯说："我要征服国际艺坛！"这句话是台湾学院艺术家常常喜欢说的。我静静地看着这个性情天真的优秀雕刻家，心里虽有点担心，却知道这是朱铭必须经过的考验。

以后两年里，朱铭几次离开中国台湾到欧洲、日本学习或举行个展。我们很少联络，偶然我还会跑到他在板桥的家。那里从路口开始，就堆满了大大小小的木材。朱铭说，这些木材被太阳晒，被雨淋风打，要烂的就烂掉，剩下的就会是雕刻的好材料。我喜欢看他工作，熟练而准确的手，一凿一凿打在材质上，那专注而不停歇的工作，使瘦小的他也仿佛焕发着光彩。

这一段时期，他主要的作品以太极拳的姿势为主题，所谓的"功夫系列"。我个人并不太喜欢他这一时期的作品，也许由于过分在造型上经营，使得内在的情感减弱了很多。但是，对一个才四十岁的艺术家，这两年的摸索、反省、思考、尝试，当然是必要的。这一阵子，不断在造型上的反复试验，纵然产生了无数并不成功的作品，然而，会从这里面琢磨出下一个阶段更新的伟大作品来。

一九七九年年初，朱铭在台北举行第二次个展，又回到水牛的主题，一系列作品表现了台湾农村耕作的各期景象。虽然一些现代艺术家对其作品多有诟病，认为朱铭太落伍，舍弃了抽象造型，又搞起水牛来，与国际艺术水准太脱节，但是，还是受到了一般观众的广泛赞美。

朱铭目前刚完成一件巨大的作品，本身有十二尺高，加上七尺的台基，描写一个消防警察在火灾中奋不顾身地抢救儿童。这件作品用保力龙（一种松软的塑胶）做模。现在已完成，只等翻铜了。由于保力龙的质地不同于木材，朱铭又面对了新的挑战。他做了许多装木柄的电热丝，用来锯切保力龙，产生的线条很特别。朱铭对这些非常敏感。他说这种大片锯开的面，产生的质感与面的关系，很不同于木雕。一个认真而不断超越自己的艺术家，就是这样敢于突破自己！

八、从乡土出发

这件作品，结合了朱铭前期的朴实，与"功夫"系列作品造型的简化经验，我想可以说是朱铭一九七五年《同心协力》以后另一个创作的高峰了。

在中国辽阔的疆域上，台湾是汉民族新开发的一片天地，在中国的近代史上，它也扮演着一个十分特殊的角色。在学院教育受到外来全面的影响，以"国际性"来排斥"民族性"之时，民族的根潜藏在民间，并未受到斩伐，等到风雨飘摇的西化狂飙过去了，乡土文化又自发地从各个角落生长起来，使人惊讶汉民族文化传统强韧的生命力。

朱铭是这个全面的乡土文化运动中典型的例子。他从台湾民间来，把他的特质贡献给学院，让学院艺术除了西方的训练之外，还能从自己本民族的传统中汲取养分。下一个时期，新的优秀的中国艺术造型，一定是在这两者的结合下诞生。这样的中国艺术造型，才能够贡献于世界其他民族，为一个完美的世界性文化做准备吧！

从乡土到民族，从民族到世界，这是一个比较可行的文化发展途径。虽然，要有很大的信心和耐力，就像朱铭的作品，遍布了刀斧凿打的疤痕。近代的中国文化，不也是这么伤痕累累吗？然而，未经锤炼的，又如何能坚实呢？

朱铭在一九八〇年二月将首次在中国香港举行个展，仅以此为贺，并祝成功。

一九七九年十二月二十八日

（发表于《明报月刊》一九八〇年第二期）

古　松

残雪／文

> > >

　　因为对于松的念念不忘，后来我发明了一种"长寿鸟"。我的"长寿鸟"，大约是松树的变体吧。它在我的小说中尽显风流。

　　那坡上有三株高拔的古松，坡也很高，我将全身贴在树干的巨型鳞片上，仰起头看上面。松枝间有月亮、乱云和青天。我不能久看，因为感到了眩晕——实在是太高了。我的脚下是山泉在咆哮，那是雨后。啊，我沉浸在灭顶之灾的恐惧之中。我下来了，我离开它们，一走一回头，从另外的角度去感受它们的高度。我释然，那并不是世界的末日，树冠上面不是还有两个鸟巢吗？可是贴着树干往上看，那是另外一回事了。只有在那一点上，真相才会显露。我的小伙伴们在远处追跑，大人们在厨房里烧柴草做饭——我们的晚饭吃得真晚。没有人注意到我的困境。那一刻定格成了永恒，无论过去多少年也历历在目。

后来，我每天上学仍然要经过那三棵巨松，我将它们的形状和风度记得清清楚楚，可是我不再站在树干那里朝上看了。这些松树有一百岁了吗？那上面的情况究竟怎样的呢？有时候，我又觉得它们并不是生活在高空，而是地底。因为大雨使护坡塌方时，我见到过一部分树根。就仅仅展露的这一个角落而言，情况也是吓人的。尽管超出想象，同黑暗大地的纠缠仍然让人心中踏实。只有高空的自由才是最可怕的啊。那上面是什么样的鸟儿？

有些事懵懵懂懂地经历了，并没有刻意去关注，可就再也忘不了。启蒙的确是有些神秘，那么，是谁在对我进行启蒙？那时我觉得外婆应该是深通这类奥秘的，但她也并不曾刻意对我进行过启蒙。她只是行动，在半明半暗中同大自然浑然一体。至于启蒙，那是冥冥之中的另一股更强大的力量在做，一定有那样一股力量存在。

有一晚，没有月，也看不到天，我鼓起勇气又去了那里。阴惨的微光从树枝间透下来，四周那么黑。在我脚下，山泉没有咆哮，而是潺潺地流着。我的弟弟们走到前面去了，我听到他们的只言片语，他们离得那么远，恍若隔世。我用手抚摩着那一个一个的巨型鳞片，我闻到了什么？对了，阳光。真温暖。它们在白天吸收了那么多的阳光，它们在暗光下发出惬意的"喳喳"的声音。我又用耳朵贴上去，我没有听到任何声音，我只是相信那里头有声音。起风了，黑风。我想，此刻，年轮是在生长还是静止不动？忽然，树身明显地抖动了一下，是那只鸟在巢里跳动。一只小鸟居然可以使得这庞然大物发抖！看来我是没法理解那高处的生活了。

我行程万里，走过苍茫的岁月，古松仍在原地。我记得那个坡，坡边迭起的大石块和坡下轰响着的山泉。熟人告诉我说，那三株大树的格局仍然没有改变。当然，当然，如果改变，那不就像是要改变一个梦一样？你只能重做一个梦，在你的新梦里，古松成了背景，那背景不断变形，但格局始终不变。后来我学会了爬树，但我一次也没有妄想过我可以爬到那么高的处所，那类似于想象末日是怎么一回事。可是我也有了地下的根了，那并非由于蓄意。它们的生长是不受我控制的，既是对我的报复，也是给予我的馈赠。那些无形的盘根错节的一大堆，多少年里头伴随着我远走他乡。

因为对于松的念念不忘，后来我发明了一种"长寿鸟"。那种鸟是通体绿色的，有长长的尾翼，属候鸟，来无影，去无踪。通常，当某个人不知不觉地进入那种永恒境界时，它就悄悄地出现了。它落在亭子的栏杆上、草地上或矮树上。我的"长寿鸟"，大约是松树的变体吧。它在我的小说中尽显风流。

淘 旧 书

陈子善 / 文

> > >

屈指算来，与旧书打交道少说已有三十个年头了。所谓"旧书"，按中国大陆通行的说法：主要指民国时期的出版物。清末民初以前的书籍另有专门的称谓，即"古籍"或"线装书"，一般不再归入"旧书"之列，虽然它们是更旧的"旧书"。但民国时期的线装诗文集包括少数新文学的线装本，宽泛地讲，也应看作"旧书"。在中国大陆图书馆里，"旧书"又有一个俗称："旧平装"，以与"线装书"相区分。这样分类，似乎有点混乱，但在藏书界却早已是约定俗成。随着时间的推移，现在二十世纪五六十年代和"文革"时期的出版物，包括港台出版的在内，都已成了"旧书"了。

如果说最初对旧书产生兴趣纯粹出于好奇——因为从小阅读的文字是简体字横排，而旧书绝大部分是繁体字竖排，展示的是另一个完全陌生的世界——那么我在大学从教，讲授中国现代文学史以后，对旧书的关注，就主要出于研究的需要了。初版本、再版本、创刊号、终刊号、毛边本、土纸本……旧书、旧刊这么多名堂，非目睹、非亲手调查验证不可。否则，发掘作家的逸文逸事，纠正文学史记载的错漏传讹，就根本无从谈起。那时的中国大陆图书馆清规戒律太多，查阅太不方便（现在虽大有改进，但仍不尽如人意），还是跑旧书肆、逛旧书摊自由自在，随心所欲，往往更能从中得到意外的惊喜，于是淘旧书就成了我工作之余的第一爱好了。

从上海的福州路到北京的琉璃厂和隆福寺；从香港中环的神州旧书公司到台北的新光华商场；从东京的神保町到伦敦的查令十字街（Charing Cross Road），我淘旧书从国内一直淘到港台和海外，浸淫于其中、陶醉于其中，甚至还有天蒙蒙亮就起身赶到北京潘家园旧书集市"挑灯夜战"的壮举，淘到一本绝版书的欢欣、漏失一本签名本的沮丧，其间的变幻莫测、其间的大喜大悲，非身临其境者恐实难体会。直到有一天我突然领悟，原来淘旧书也像抽烟、喝酒、打麻将一样，是要上瘾的，我已成了不折不扣的淘旧书的"瘾君子"了。

淘旧书的关键在于"淘"，徜徉书市冷摊，东翻西翻，东找西找，人弃我取，人厌我爱，于无意中"淘"出稀见而自己又颇为中意的书，应了辛稼轩词中所说的"众里寻他千百度，蓦然回首，那人却在，灯火阑珊处"，那才是"淘"旧书的最大乐趣和最高境界，巴金《忆》签名本、沈从文《边城》初版签名本、宋春舫仅印五十本的自印剧本《原来是梦》、顾一樵剧本《岳飞》签名本、南星题赠辛笛的诗集《甘雨胡同六号》、张爱玲译《爱默森选集》初版本、曹聚仁《蒋畈六十年》签名本，等等，都是在偶然中"撞见"而毫不犹豫购下的，当时的喜悦，就仿佛前辈作家隐秘的心灵世界被我触摸到，被遮蔽的文学史的一页就在我手中"定格"！

当然，现在旧书已进入拍卖领域，中国大陆网上网下的旧书拍卖都十分红火，旧书价格飙升，有的简直令人匪夷所思，淘旧书"惊艳"捡漏的机会是越来越少了，思之不见有点惘然。尽管如此，我还是不改初衷，仍在寻寻觅觅，四处"猎艳"，淘旧书的"瘾君子"，改也难。

土著民的落日

迟子建 / 文

> > >

　　肤色黝黑、四肢细如枯枝、肚子微微突起的土著民民走过来了：他们不是骑在马上，身上也没有背着弓箭。他们更没有行进在他们赖以生存的森林中，而是穿行在城市的水泥马路上。他们有的蜷在街角，向经过的行人伸出乞讨的手，有的聚集在海滨公园的草坪上饮酒，还有的懒洋洋地歪在长椅上晒太阳。当然，也有的在商业街的摊位前席地而坐，作画卖艺。

　　澳大利亚达尔文是土著民聚集的地方。这里的土著民已经不仅仅生活在部落之中，还频繁出现在城市的街头。在白人的世界里，他们就像一棵棵历经风雨的漆黑的椴树一样，游动在雾一样的都市中，看上去茫然无助。从他们疲弱的步姿上，你已经感觉不到那种本该带着丛林气息的健旺生命力了，他们的声音也是那样沙哑和微弱，听上去就像叹息。

土著民仍然穿着他们的传统服饰，无论男女，都喜欢那种图案妖娆、色彩瑰丽的花衣，妇女还喜欢包着花头巾，我观察了一下，花衣上的图案最多的是太阳和鱼的形态，它们一个从天上照耀着他们，给他们的皮肤涂上泥土一样的深重光泽；一个在大地的水中滋养着他们，给他们以力量和艺术的源泉。

其实土著民才是澳大利亚真正的土地主人。他们生活在自己的天地中，狩猎、种植、生育、歌唱。他们在石上雕刻乌龟和蜥蜴的形态，在画布上描绘水的波纹和云的形影，他们有自己的语言和部族首领，面对古老的丛林，怡然自得地生活着。后来白人来了，白人看中了这片肥沃的土地，白人在带来所谓欧洲文明的时候，也带来了仇恨和杀戮，土著民被迫从自己的土地上逃亡，人数锐减，有的死于饥饿和疾病，有的则被白人视为"异类"和"野蛮人"而死于白人的屠刀下。我相信，如果入夜时山风发出阵阵的呜咽，那一定是含冤而逝的土著民的灵魂在低低地饮泣。

澳大利亚政府对土著民实施了多项优惠政策，解决他们面临的生计问题，但很多土著民把那些钱都挥霍在酒馆和赌场中了。他们依旧是生活的赤贫者，被白人视为不争气的一族。面对越来越繁华和陌生的世界，曾是这片土地主人的他们，成了现代世界的"边缘人"，成了要接受救济和拯救灵魂的一群。我深深理解他们内心深处的哀愁和孤独。当我在达尔文的街头俯下身来观看土著民在画布上描画他们所崇拜的鱼、蛇、蜥蜴和大河的时候，看着那已失去灵动感的画笔蘸着油彩熟练却是空洞地游走的时候，我分明看见了一团猩红滴血的落日，正沉沦在苍茫而繁华的海面上。我们总是在撕裂一个鲜活生命的同时，又扮出慈善家的样子哀其不幸！我们心安理得地看着他们为了衣食而表演和展览曾被我们戕害的艺术。我们剖开了他们的心，却还要说这心不够温暖，满是糟粕，这股弥漫全球的文明的冷漠，难道不是人间最深重的凄风苦雨吗？

父亲的脚印

顾媚 / 文

> > >

  一场淅淅沥沥的黄梅雨，从早晨下到黄昏，把窗前几株刚开的红玫瑰吹得摇摇欲坠，恼人的天气，恼人的黄昏，撩人恹恹欲睡。我冲了一杯热腾腾的咖啡，打开网站看报，才知道今天是父亲节。

  父亲去世已三十多年了，这个与我毫不相干的节日，却带给我无限的感触。重读朱自清的《背影》，那幕感人的情景便在眼前出现，朱自清的父亲送他上火车前，替儿子买几个橘子，他看到了父亲肥胖的身躯，蹒跚地穿过铁路，很吃力地爬上月台时的背影，他的眼泪流下来了。看到这里，我眼前也泛起一片模糊泪光，隐约看到了一个龙钟的身影，拖着佝偻的身躯，腋下夹着两卷画，蹒跚地穿过马路，消失在拥挤的人群里，那是我父亲晚年时的背影。

我有一个很不愉快的童年，虽然父母双全，却感受不到一丝家庭温暖，因为父亲很少回家，每次他回家我都感到好像是一个陌生人到访，他一回到家里就与母亲吵个不停，我印象最深的是父亲踏进家门时，那一阵子清脆的皮鞋声由远而近，我们姐弟便奔走相告，嚷着："爸爸来了，爸爸来了。"总让母亲斥责一句："什么来了来了，这不是你爸爸的家吗？"接着就是一阵口角的吵闹声、摔东西声，然后，父亲逗留一会儿便走了。我躲在墙角，听着那远去的皮鞋声，心里茫然若失，我是多么渴望他能多留一会儿啊！

父亲文采风流，但他一生做错了几件事：年轻时就撇下母亲移情别恋，在外另筑爱巢；在广州日占时期背负过文化汉奸的罪名；抗战胜利后撇下我们仓皇逃亡；其后还染上鸦片毒瘾，不能自拔，这些垢渍玷污了他大半生。虽然人都会行差踏错，但我父亲却是错得那么深，跌得那么痛。

小时候，母亲就灌输给我们对父亲的仇恨，使我感到亲情的混淆、矛盾。我不知幸福为何物，就这样年复一年地长大了。

父亲晚年的生活颇拮据，体弱多病，靠买卖字画为生，但他至死也不向我们姐弟求助，因为他内心对我们有太多的歉疚，他曾含蓄地表示过忏悔，要决心戒掉鸦片，希望能搬回家团聚，但这一切都已太迟了，他的希望终成泡影。

一九七三年我在新加坡开画展，父亲尽了全力鼓励和帮助我，使我获得很不错的成绩，也让我尝到从未拥有过的温情。我正在预备好好报答亲恩的时候，回到香港，他却已奄奄一息，还未及见他最后一面，他第二天便与世长辞，结束了坎坷传奇的一生。

父亲给我的印象虽然冷漠、严肃，但我能窥探出他眼神包含的秘密，当他凝望着我时，眼中有泪光，眼神是带着七分无奈、三分深情，我们父女关系虽然疏离，但我却是无时无刻不惦挂着这个不快活的老人，我可怜的父亲。

今天是父亲节，我仿佛又看到父亲的背影，听到那一阵清脆的皮鞋声，由远而近，又由近而远，以至模糊不清，只有他留下的那匆匆脚步声，还残留在我的记忆里。

写于二○○九年父亲节

废 址

——战争岁月

聂华苓 / 文

> > >

一九四〇年六月，日军占领宜昌。母亲带着华桐、华蓉从三斗坪逃到万县，还有我们叫家家的母亲的后母。弟弟汉仲在重庆黄角桠读完初中，一九四二年，也进了国立十二中。一九四三年我和汉仲到万县去看母亲和弟妹，大哥也一同去了。他正读重庆大学。母亲他们住在乡下农家。我已经四年没见母亲了。远远看见母亲带着小弟妹在田埂上走来，我只叫了声姆妈，就说不出话了。

儿想娘，扁担长。娘想儿，流水长啊。母亲泪眼盯着我和汉仲。我睡不着，吃不下，一天天数着日子等呀。母亲望着我说："嗯，变了，嗯。"然后笑了一下，"家家炖了一锅红烧肉，先用糖炒了，才加酱油、葱、姜、酒红烧，烧得通红通红，就是你要吃的那种红烧肉。"那一笑，是笑我当年挑五拣六，红烧肉一定要烧得通红。否则，我不吃。

"只要有饭吃，就好。"我说。

"我好久没吃肉了。"汉仲带笑说。

战争、逃亡，昔日的恩怨也在战火中摧毁了，大哥好像也和我们一同回"家"了。昏暗的桐油灯中，当年满堂红的盛景也模糊了。现在，在夕阳空旷的谷场上，我们谈着战争，谈着家乡的祖父，谈着各自的经历。

"那样的一个家也不见了"

一九八六年，我和弟弟华桐一同从美国回乡。从重庆坐船沿江而下，寻找当年流落各地的家。他从没见过父亲，是我最小的弟弟。一九三七年抗战爆发，他只有两岁。我们的记忆，有的交错，有的重叠。

船到万县，我们寻找高升堂的家。一栋古老房子，天井很大，房东万老板租给母亲侧面两间房，很高的门槛。我那时正在四川长寿的国立十二中，暑假回家。母亲靠典当过日子，我回家吃了两天鱼肉，又只有白菜、豆腐吃了。小华桐坐在门墩上，哭着要吃肉。母亲哭笑不得："好！给你讨个屠户姑娘做媳妇！天天吃肉！"华桐哭得更伤心了："我不要屠户姑娘做媳妇！"

现在，我对华桐讲起那件事，他仰头哈哈大笑说："不记得了。"

那时战争吃紧，一伙一伙被拉夫的壮丁在街上走过，神色颓丧。有些民家成了临时兵营。有伙壮丁住进我们那天井。整天在天井里操练，早晚军号，没有一刻安宁。一天晚上，我家房门突然给撞开了，一个人影冲进房来。我吓得大叫。昏黄的灯光中，一个瘦小的人影不断地摇手。我仍然歇斯底里大叫，一个军官冲进房来，抓住那壮丁大骂："逃！你逃！要不要命！"他抓走逃兵。一会儿，天井里传来阵阵哀叫和鞭子啪——啪——的抽打声。

那样的一个家也不见了。

我和华桐又去寻找纯阳洞。山崖上的一栋小木屋，屋前一个小菜园。

纯阳洞山崖上的小屋，也不见了。

我和华桐一面寻找，一面谈着那小屋中母亲愁苦浮肿的脸。抗战末期，大弟汉仲瞒着母亲加入空军。他在四川入伍受训时，不得不写信求母亲允许。丈夫死于非命，不要荣华富贵，只求儿女安全，平凡就是福。但爱子心切，母亲不忍违拂儿子的心愿，只得咬牙同意了。

我和华桐继续乘船沿江而下，到了宜昌。

张德三的故事

一九四六年，抗战胜利后还乡，我们姐弟俩住宜昌见到老仆张德三。多年往事，那时突现眼前：

人人都说张德三是个忠心耿耿的好听差，直系军阀吴佩孚的军队，在一九二〇年直皖战争时拉差，在河南拉去张德三，后来张德三随军辗转到武汉。一九二五年，革命军围城，他正在守城的军阀刘玉春的部队里。革命军取得武汉，收编吴佩孚的残军。张德三说："俺不干了。"一九二七年，他到我家当听差。

他修长瘦削，像根牙签，尖削的高鼻子，眯着两只小老鼠眼，下巴稀稀一撮小山羊胡，青竹布裰裤，扎着绑腿。他从不和人聊天，结巴说话太吃力。他也不喜欢听别人谈军阀蛮横残暴的事。"狗——狗——不——不——咬主，俺就是狗！"

他到我家那年，我们正住在汉口俄租界的两仪街。一溜很长很宽的楼梯，迎面一面大镜子，他笔直向镜子里走，砰的一下把鼻子撞红了。他每月工钱三块大洋，每天洗地板、烧饭、跑街，打些小杂。

我不喜欢他。他看也不看我一眼，看到弟弟汉仲，小眼睛就笑开了。他老说我欺负弟弟。他和麻子奶妈闹权力斗争。少爷哭了，他可以哄得服服帖帖的，麻子奶妈只好让他接过手。他把少爷的头按在肩上，轻轻拍着："哦，哦，俺少——少——爷好，俺少——爷乖，俺——少——少爷长——大了，当——当总司令。"再唱几句"王大娘补缸""小毛驴"之类的小调，唱一句，点一下少爷的小鼻子，少爷咯咯笑。他唱小调的时候一点也不结巴。少爷饿了，烦躁起来了，麻子奶妈从他怀里一把抢过去，咕哝道："有奶就是娘。"

我和汉仲上汉口市立六小，一起坐黄包车上学。冬天，弟弟戴着咖啡色厚绒帽，临出门，张德三一定要看看他帽子的耳搭系好了没有，无论如何，他得再系一遍，牢牢贴在弟弟脸庞上。张德三每天中午送饭到学校，提着一叠蓝色搪瓷饭盒，包着棉套子。大雪纷飞。他走过日租界，走过德租界的六码头、五码头，走到四码头的市立六小。他坐在门房等，和老工友聊天，不用说，聊的全是他少爷的事。下课铃响了。他立刻去饭厅摆好碗筷，看见我和弟弟跑来了，两眼望着弟弟笑成一条缝，把饭盒从棉套子里拿出来，先把弟弟喜欢吃的京酱肉丝呀、粉蒸肉呀，摆在他面前，说一声吃吧，才把我那一份菜放在我面前。我要尝尝弟弟的菜，他瞪着眼一手挡着我："你——你又欺负他！"

六小举行演讲会，弟弟代表一年级演讲。张德三比父亲、母亲还得意，逢人就说：俺少爷小小年纪，就像大帅一样上台讲话。寒风一阵阵吹，他站在礼堂窗外听。弟弟穿着藏青丝绵袍，看看窗外的张德三，才走上台。张德三的嘴张成了个 O 字。

"从前，有个孔融，他四岁的时候，嗯——嗯——打破了缸，打破了缸，嗯——打破了缸，嗯——嗯——。"弟弟哇的一声哭起来了，一边用他崭新的丝绵袍袖口擦眼泪，一边说，"忘记了。"

张德三冲进礼堂，冲上台，把弟弟一把抱下台，一面狠狠瞪了校长一眼，一面咕哝："这么一个小——小——不点儿，要他上——上台演讲。"他牵着弟弟的手走出小礼堂，"走，咱们回家，俺——俺——给你讲武——松打——打虎。"

抗战胜利后，一九四六年，我才又见张德三。我在重庆沙坪坝的国立中央大学。汉仲高中毕业后，抗战末期已参加空军。母亲已将张德三介绍给三斗坪的花纱行老板家打杂，胜利后花纱行搬回宜昌。母亲已先行回武汉，我从重庆坐木船过万县，接了华桐经宜昌坐轮船回武汉。

我们在宜昌找到张德三。

他一头白发，一把小山羊胡也白了，一手抱着花纱行老板的小儿子，一手摸着华桐的头，眼泪汪汪："哦，高了，大——大了，跟少——少爷一个模样了。少爷当——当空军了。好，好！俺要回——

回——来伺候少爷，走不了，老板不——不让走，要——要照顾这小子，我抱——抱他，老把他当——当少爷。"

"张德三，你回来了，弟弟给你盖大洋房。"我对他说。

"谢谢小姐。"他说那话充满了前所未有的敬意。

他抱着婴儿到码头送别。轮船渐行渐远，张德三在烟雾蒙蒙中逐渐消失了。

他没有回来，也没有再见到汉仲。

"从此我就流浪下去了"

又过了四十年，一九八六年，我和华桐从万县到宜昌，张德三早已不在人世了。我们坐汽车去三斗坪。那个永远湿漉漉的石板路小镇不见了，只剩下一片空空的河坝了。我们终于找到山那边小溪旁的文昌阁。当年的家只剩下颓垣断壁和那寂寞的石墩子。

华桐突然在一面断墙后笑了起来："就在这里！就在这里！姆妈看见墙角冒烟，走过来一看，我在这里抽烟！打了我一顿。"他说完哈哈大笑。

小华桐那年四岁。

我独立大江的河坝上，在那空荡荡的一片沙土上流连回想。当年我十四岁，就在那儿，母亲流着泪，看着我搭上小火轮去巴东。

从那儿搭汽车去恩施，又坐滑竿翻山越岭，才到屯堡的湖北省立联合女子中学。那年，我读初中二年级。

连连摆手的母亲孤立河坝上，在我泪水中越来越模糊了。

从此我就流浪下去了。

初 入 川

蒋韵 / 文

> > >

　　二十二年前，我丈夫曾独自一人回过一次老家，为他失散多年终又有了音信的姑姑拍一些家乡的照片。姑姑远在美国，已是耄耋老人，腿脚甚不灵便，日日思乡不得归，于是，丈夫便背起相机入川，来到了釜溪河边的盐都自贡，那也是他这个号称"川人"的游子第一次回家乡。一晃，二十二年过去了，今春，因为要写东西的缘故，我俩一起去了趟自贡和成都，他算是"重归故里"，而我这个四川的媳妇，则是平生第一次踏上传说中这个肥腴丰美的天府之国。

　　自贡变得让他不认识了。这不奇怪，在中国，二十二年的时光，足以让任何一个城市翻天覆地、旧貌变新颜。好在，他曾经下榻的檀木林宾馆还在，那是当年大盐商罗晓元的私家园林，新中国成立后做了市政府的宾馆。如今，房间自然重新装修一新，非常典雅漂亮，也舒适。而园林虽然有人打理，却明显露出了衰老和力不从心的气象，让人觉得管理它的人有些心不在焉。

此行，我们既不是公出，又没有惊动任何圈子里的朋友或熟人，我们只想以亲人的方式接近这城、这地方。二十二年前，他就是在这里像听传奇一样初次听说了家族的故事，几个白发苍苍的老人围拢来叫他"舅公"的情景，让他一下子觉得自己像一条鱼一样游进了家族漫长的历史。如今，那些苍苍者也都下世了，在这个城中，已经没有了我们要惊扰的人，也没有了可指引我们的人。

之前，我们听说了一件事。一九三八年，一个叫孙明经的摄影家，曾用十六毫米的柯达特种摄影机，拍摄了一部自贡自流井井盐生产以及盐工生活的纪录短片，极其珍贵，据说这部片子如今收藏在自贡盐业博物馆里。若说我们此行有什么具体的目的，这大约算是最重要的一项——我们想看看这部片子。当然不是原始胶片，而是想看看它是否有可以供人参阅的拷贝光碟之类。

结果是失望的，我们在盐业博物馆、档案馆、桑海井博物馆之间来来去去跑了三天，仍然没有看到我们想看的东西。事后想来，这其实一点也不意外。除了两张身份证，我俩再没有其他可以证明我们身份的东西，比如一个官衔，比如前呼后拥的陪同，尽管他带了几本自己以这个城市为背景而写的小说，甚至也在必要关头拿出来送给了"有关人士"，此举在他，已然是分外的热情之举。但是，他的名字在家乡人眼里，显然是陌生的、茫然的、毫不相干的，没有谁因为一个千里迢迢归乡的写小说的不速之客，而改变自己处世的方式。

后来我们去寻找双牌坊"李家祠堂"，其实也已不抱希望。二十二年前，他曾经在一个"外甥"的陪同下走进了那个破败不堪的深宅大院，那是他父亲度过艰辛与屈辱的少年时光的地方。尽管双牌坊街上的这座李家祠堂曾经威名显赫，尽管在如今的自贡历史一类的书中，仍能见到对它简单的描述，但我们知道，如今，它存在的可能性几乎是零，我们不过是抱了凭吊的心情来寻找一处"旧址"。可是，没有想到，我们站在双牌坊街上，向来来往往的路人、向行商坐贾、向周围的住户一一打问，半日竟无一人知道李家祠堂是什么，这名字，如同一个不速之客的名字，让他们同样感到陌生、茫然和不相干——连凭吊也找不到地方了！历史的湮灭竟然是这样迅速和彻底，消亡是这样彻底，在一城人的生命中、生存中和生活中，如同从没有发生过一样无痕无迹。

当然，最终，我们还是找到那片"旧址"了，在一片就要拆毁的废墟前，在一棵老黄桷树下，我们和树一起拍了照。也许有一天，这棵老黄桷树也会不见，这最后有生命的见证，要不了多久，也会死。

我丈夫一直对我描述，黄桷树下，曾经有两只老旧的石狮子，是他二十二年前亲眼见过的，两只老狮子，一只立着，一只倒着，像是从祠堂门前被漫不经心挪放到了那里，突兀又颓伤，可是我们问到的每一个人，都这样回答说："石狮子？哪里有，从来没见过。"

扮　演

残雪／文

> > >

　　一个人，如果他想完完全全地体会另外一个人的感觉，那实际上就相当于在不知不觉地扮演那个人了——演员进入角色。扮演是同情的高级阶段，既需要激情也需要想象力。

　　我在很小的时候曾无数次试图体会父亲的心脏病给他带来的痛苦，甚至在深夜醒来，我也会机警地倾听隔壁房里的鼾声。我惶惑地想了又想：心脏病，究竟是什么样的一种情况呢？我害怕他搬重东西、害怕他跌倒，我老觉得不知哪一天，当我没有在场的时候，他的心脏就会停止跳动。

后来是弟弟。弟弟在大学里腰椎发病，痛苦不堪，最后只好休学回家。那时候，他不论白天夜里都在疼痛中。我看见他弓着身子伏在床上（那是他唯一的痛苦较轻的姿势），便急得如热锅上的蚂蚁。找医院啊，找医生啊，帮他做按摩啊。虽然并无多大疗效，但非得做点什么心里才好过一点。他的病对我的刺激太大了，好长时间里曾是我的生活重心。

再后来是儿子出生后的一段时间。儿子那么小，不会说话，我觉得他随时会出问题。一点点极小的毛病就使得我长时间地夜不能寐。现在回忆起来，那种长期失眠很可能是产后抑郁症所致。在那些不堪回首的夜里，我总是被死神追逐，逃也逃不开，甚至都不敢入睡了。这么小的人，他的痛苦是什么样的呢？一向乖乖的他为什么哭个不停呢？所幸的是，儿子虽同我一样属过敏体质，但生命力非常强。他就在我的痛苦和恐惧中一天天地成长起来了。

同丈夫的相识以及后来的爱情也是这样。我很少或几乎没有像常人那样来分析过双方的"条件"。我时常将自己想象成他，用"他"的眼光再来看我，也许这个"他"并不是真的"他"，只不过是分裂的自我。但恋爱不就是这样的吗？我们所体会到的对方，只能是自己能够体会到的那个人。这种体会因人的性格差异，其真实的程度也不同，不管有多少"假"的成分，我和他都属于那种比较深刻的类型，所以我们的婚姻才至今比较稳定吧。

看来在我还没有开始创作之前，我就已经具备了扮演的基本条件了。然而当我进入到我这种特殊小说的境界之际，我才发现这是一种高难度的、没有原型的扮演。"没有原型"指的是没有世俗中的原型，我的原型在那混沌黑暗的内心深处。我必须沉下去、沉下去，然后猛一发力，将那不可思议、从未有过的风景在纸上再现。所以很多读者感觉我的作品就像巫术一样，极其古怪，却又有难以言传的吸引力。残雪的吸引力其实是来自人的共通的本性，因为她拨动的是最隐秘的那根心弦。

我的同情心的发展过程，就是一个热心肠的小姑娘慢慢变成一名艺术家的过程。我想我的作品，就是写给那些有同情心的人看的。我在生活中看到很多冷漠，甚至冷酷的人在早年也是具有同情心的，由于没有去训练自己的自我意识，一旦进入社会中去随波逐流，他们的同情心就一点一点地丧失了，最后变成那种最最乏味的人。

我觉得每个人都应该懂一点文学艺术或音乐哲学。在当前道德大滑坡的形势下，这已经是非常紧急的一件事了。我们一味地忙忙乎乎，早就不再顾及自己那蒙灰的心扉，每个人的眼光都狭隘到无法再狭隘的地步，一步步地从人退化到兽的例子越来越多。大道理人人会讲，但那都是在场面上骗人的，大家心知肚明，也没有人相信那些道理。所以我呼吁青年多读文学、哲学，多接触现代艺术、音乐，我也希望在中学、小学和大学里大量引进现代文明思潮。

好　日　子

曹乃谦 / 文

> > >

　　那天早晨我发现街上到处是卖香火的摊子，一打问，才知道那一天是南海观音菩萨的成道日，是个喜庆的日子。

　　竟然有这么巧的事，瑞典的悦然和中国台湾的文芬，还有老朋友李锐和蒋韵，这四位贵宾那一天就要到我家做客，我还要领他们到我的温家窑。正好就遇到了这个喜庆的日子，真是有缘。

　　中午在我家吃完"迎风"面，我们就向温家窑出发，去吃油炸糕，去吃煮鱼；去住土窑房，去睡大火炕；去听村民们围着篝火唱那唱也唱不完的要饭调。这些，都不一一地细说，我要说的是下面的这件事，这件天底下顶好顶好的大好事。

因为悦然和文芬预订了飞机票，在第二天的中午前，大家又返回我的家。我正帮妻子准备着吃涮羊肉的调料，悦然推推我胳膊："乃谦，你给大家把酒倒好，我有话要说。"我以为他是想要在吃饭时跟大家碰碰杯，再说说什么话，我说："没问题。"说完，继续忙我的。可是不一会儿，他又揪揪我衣服说："乃谦，你给大家把酒倒好，我有话要说。"我抬起头问他："现在？"他连连地点头说："对。就是现在。"我又问："给全体人都倒？"他点着头说："对。全体。"

我算了算，连妻子和开车的朋友，共八个人。我一字儿排好八个高脚杯，打开云冈牌啤酒，连沫儿带酒把杯子都注得满满溢溢的。这时，文芬也出面了，她进厨房去请我妻子，我妻子说你们先喝着，我忙完就过去。文芬说："请你也过来。你得过来，悦然要训话。"我妻子听说悦然要训话，不知道是怎么回事，也出来了。

悦然面对着大家站着，文芬靠在他的身边。悦然看了看墙上的壁钟，又转过身看着大家，没作声。大家静静地等着，等着他的训话。

他又看了看钟表后，开口了。说得很慢，表情严肃、激动，他说："现在，我当着各位朋友的面，宣布……"说着，他的左胳膊把身边的文芬搂紧，"我和文芬，相爱多年，今天，我要在各位朋友的见证下，正式订婚。"说完，在大家还没想起欢呼庆贺的时候，他把握在掌心的戒指戴在文芬的手指上。紧接着，就是幸福的拥抱。

蒋韵把提包打开，取出一对枕头，样式像两条弯弯的鱼，古朴、精美。这是他们给悦然和文芬的礼物，李锐和悦然他们是一起从北京来的，悦然在北京就把要在大同订婚的事告诉了他，他让蒋韵做了准备，可我却事先不知道这件美好的事要在我家举办。文芬解释说："悦然是怕给你出了难题，不知该如何准备才好，所以我们才没有事先让你知道。"可我该送个什么礼物呢？想了想家里没有什么合适的，蒋韵说你给唱首他们没听过的民歌吧。头一天我已经唱过好多了，没听过的现在也有的是。可这能叫礼物吗？

我一下想起，头一天大家看了挂在墙上我自己写的书法，都说写得好。我就说，那我给你们写幅字画裱好后寄给你们。"好，好，"悦然说，"对，你就写'到黑夜想你没办法'这几个字。"

"哇——"大家同时欢呼起来。

热烈地鼓掌，衷心地祝福，酒杯高高地举起。

在温家窑，当我看到悦然弯下腰跟围观的孩子们说笑逗玩时，我又看到文芬抱起羊羔亲亲它的脑袋时，我就说定这两个人同样有着金子般的博爱、仁慈的心，从今天开始，这两颗心脏就要因了人类最崇高的情感而一起跳动。我和李锐夫妇作为证婚人，也为此而感到无比高兴，高兴得不知该说什么好。一向不好说话、从来不喝啤酒的我的妻子，一口气把杯中酒喝干，激动地说："今天真是个好日子。"

"对。今天真是个好日子。"大家同声说。

是的，那一天真是个好日子。

那一天是，公元二〇〇五年的十月二十二日

新春忆旧

郁风 / 文

> > >

"过年了！"从我小时候起，没有比这更欢喜、更隆重的概念了。当时对所有的人来说都如此。

九十年前，我出生在北京。从三四岁就懂得盼望过年，有好东西吃，有热闹看。到了腊月，初八就要喝腊八粥，用各种米加赤豆、花生、栗子等，煮成黏黏的放糖吃的粥。然后各家的主妇仍都忙起来，做年糕、办年货，我的母亲还会自己做腊肠。

到了除夕晚上，摆上满桌的菜、斟上酒、点上蜡烛，跟随父亲母亲之后跪下叩头拜祖，然后才坐下，全家人吃一顿丰盛的年夜饭。

然而在我的记忆中，最激动、最欢喜的却是比除夕早七天的腊月二十三送灶，我家住在西城的一条胡同，每到这一天傍晚，就听见外面由远而近的喊声，多数是十几岁的大男孩："送灶王爷来了！送财神爷来了！"听见挨家挨户开门迎接，付了钱，那喊声，又继续，渐渐由远而近，我和弟弟便出门口等着，用几个铜板请回来交给母亲的是一张有红有绿的黑墨线画。那时在河北省杨柳青或武强有许多专业的村子，村民们印制木刻年画、财神灶神像，到了过年时卖出去。

　　"送灶王爷来啦！"这由远而近悠扬的童声，是那么充满欢喜、那么亲切诱人，代表着过年的幸福气氛。尤其是它和往常静悄悄的晚上，听到打更梆子声夹着西北风的呼啸，听到断断续续的低沉的"硬面——饽——饽！"的凄凉的叫卖声，形成鲜明的对比。

　　在北方的村镇小城市，到了腊月尾，家家都要包饺子，不是为一顿吃的，而是包上几百几千，放在一个比小孩高的大缸里，严严地盖上。把缸放在屋外廊沿上，冰冻起来就是一冰箱，可以吃好几天。到了吃完除夕年夜饭的晚上，把刀、剪、铲一切厨房用具以及扫帚等全部洗净，收起封存，因为大年初一除了煮现成的饺子吃，一切刀、剪、扫帚等工具都不许动用了，否则不吉利。这与其说是迷信，不如说是妇女们一年辛苦，应该自我放假的理由。于是从大年初一到初五，就只见大娘大婶们，打扮得花枝招展，穿新衣，头戴红绒花，互相串门拜年，坐下喝茶、打麻将、斗纸牌。孩子们就在庭院里放鞭炮。

如今——如今，已经是多么遥远！

当时谁能想到几十年后人们是怎样过年的？我看到过最近一月十一日一则新华社的杭州专电，说那里一家酒店预订豪华年夜饭竟达十九万八千元！最低价也要三万八千元。我也听说香港、深圳都有价值八万八千八百八十八元的年夜饭，那位新华社记者还报道，有市民表示：吃高价年夜饭的，如果是个人掏钱埋单也还罢了，如果是用公款呢，有没有人管？

新的一年是丙戌狗年，黄永玉画了十二幅狗，制成十二个月的月历，并引用了十二句成语，他在一月第一页上写：听说狗年结婚大吉大利；画的是蒙着红头巾的新娘和一条狗，写着：

"嫁狗随狗！"

生命的律动

萧惊鸿 / 文

> > >

　　日落时分，在郊外林野散步，黄昏的光投射到每一步前行的路，斑驳的林影使我的脚步重重叠叠，印在一起，让人感到特别安静。于是思想就翻腾起来，深刻反思着自己与树木共通的心灵。尽管我知道，这种宁静只是一时的享受，待回到人声鼎沸、车水马龙的嘈杂城市，更会有一种难以言喻的喧嚣与寂寞，驱赶了安静的心情。

　　离市区不远的凤凰山庄，尽管已辟为旅游景点，但较少人工雕琢的痕迹，多是天然去雕饰的质朴。爬上半山坡，在耳畔温凉的山风中领略一份悠闲的风情。牙克石素以繁茂林区著称，漫山遍坡的各色树种活泼地生长着、自由自在地呼吸着，落叶松、樟子松、白桦树、黑桦树、还有那涂抹着阳光金粉的林地花草，简直是五彩斑斓，错落有致。树随山势走，林依坡谷生。高坡低谷起伏迂回，山水林原依傍相间，山中林地上点缀着典雅幽静的小屋，生命的返璞归真悠然穿越了尘世的阻隔，就这样展现在面前，让人真切地感受到生命的律动。

在林中小住，你当然可以参加篝火晚会，但最好是去河边垂钓，漫步其中，静静地品味自然的乐趣、倾听森林的歌声。凤凰山庄的歌唱家一定是位少妇，风姿绰约，声音轻柔，悠闲雅致，万种风情。她歌山唱水、吟草诵花，低婉清丽的歌声与山庄融为一体，却怎么也寻不见她的踪影。

回归自然是人类不变的情怀。而久居城市的人们，更是在顽强斗志中寻找与自然共通的心灵。城市中道路两旁的郁郁树木，枝叶摇曳，树影婆娑，倒也有一份绿野闲情。听园林工人讲，路树是先种在盆子里，再把盆子埋入土中，用盆子限制树的生长。因为树根深了，就会破坏地下管道；树长得高了，就会破坏架空电线和景观。

由此可见凤凰山庄的树木生命的本真。她秋韵款款，成熟的魅力流光溢彩。她迈着闲适的脚步，在浅吟低唱。她的容颜不很美，但经得住品味。她不是城里的名女人，而是山里的普通村妇。她眼内没有城市人的厌倦，目光清澈透明；她的脸没有化妆品的涂抹，却透着秋季的成熟。

我的思绪飘忽于山庄与城市的树木之间，恍然有了释怀的心情与树木共通的心灵意味着回归自我心灵的明净，在生存空间里拂拭尘埃，最大可能地洗涤污染，保持心灵的清明。